神奇柑仔店10

順風耳軟糖的報應

文 廣嶋玲子　圖 jyajya　譯 王蘊潔

目錄

序章

「錢天堂」是一家世上絕無僅有的神奇柑仔店，專賣各種神奇的零食和玩具。

錢天堂的老闆娘叫紅子，她是一個像相撲選手一樣身材高大的女人，頭髮像雪一樣白，皮膚很光滑，外表看起來很年輕。她最愛穿古錢幣圖案的紫紅色和服，也喜歡在頭髮上插許多玻璃珠髮簪。

某一天晚上，紅子難得抱著雙臂、愁眉不展的坐在房間裡，店

貓墨丸和許多金色小招財貓都坐在她面前，牠們也坐立難安、心神不寧。

這也難怪，因為目前有個客人一直賴在錢天堂不走。

這個客人名叫杉田健太，今年八歲，在紅子出門旅行的時候上門。

他在三天前來到錢天堂，但是並沒有買零食或玩具，只是堅稱「我想留在這裡」。

在紅子旅行期間負責看家的招財貓，不知道這個客人是從哪裡來的，也搞不清楚他的目的，情急之下，只能把正在旅行的紅子叫回來。

紅子聽了招財貓的說明，也和那個男孩聊了一下，然後就關在自己的房間內思考。所有的招財貓和墨丸都屏住呼吸，注視著紅子。

過了一會兒，紅子終於嚴肅的開了口。

「那就讓他暫時留在錢天堂吧。」

「喵喵！」

「喵嗚！」

「雖然你們這麼說，但我也沒有別的辦法啊。他想留在錢天堂，留在這裡就是他唯一的願望。」

「……」

「更何況，」紅子瞪了一眼招財貓，「在我出門旅行的期間，柑仔店不是應該關門不做生意嗎？誰叫你們擅自去轉抽獎機，你們這種調皮搗蛋的行為，讓那個孩子成為幸運的客人，就這樣被引導到店裡來了。」

紅子在錢天堂時，每天早晨都會轉動抽獎機，根據滾出來的幸運球上所寫的數字，決定成為「幸運寶物」的硬幣。只有擁有那枚硬幣的人，才能造訪錢天堂。

照理說，紅子出門旅行的期間，應該不會有任何人來錢天堂才對，但是那些招財貓在看家時調皮搗蛋，擅自轉動抽獎機，結果就

滾出了「五　昭和四十三年」的抽獎球。那個男孩身上剛好有昭和四十三年的五元硬幣，所以就順理成章的來到了錢天堂。

不過那個男孩到錢天堂後卻什麼都不想買，紅子有點苦惱，覺得遇到了麻煩事。

「你們竟然在我出門的時候闖下這種禍，要好好反省才行。」

「喵嗚？」

「不，他不會一輩子待在這裡。他看到店裡陳列的零食，很可能會產生新的渴望。總之，在此之前，只能讓他暫時留在店裡了。」

「話說回來，」紅子皺起了眉頭，「我還是第一次遇到這種事，

竟然有客人上門是想留在錢天堂生活。搞不好他不是單純的客人，

而是討厭、嫉妒我們的人偷偷派來店裡的。」

招財貓大吃一驚，七嘴八舌的討論起來，墨丸也豎起了尾巴。

「喵嗚喵嗚！」

「是啊，說到會做這種事的人，第一個想到的就是澱澱，但她目前還待在店裡的冷凍庫……總之，千萬不能大意。墨丸，你辛苦一下，好好監視他。只要密切觀察他的行動，或許就能了解真相。」

「喵嗚嗚！」

墨丸叫了一聲，似乎是表示牠接受這個任務。

「好，明天就像往常一樣開門做生意，雖然有一個來路不明的客人，但總不能整天都不營業。我知道會有點心神不寧，不過大家都要努力做好自己份內的事。」

「喵嗚！」

金色招財貓異口同聲的回答。

1 晴天檸檬糖

早上七點，「錢天堂」的黑貓墨丸，躡手躡腳的經過走廊來到一個小房間的門口，從門縫向內張望。

那個鋪了榻榻米的小房間原本是儲藏室，但是因為有客人突然上門，所以很快就整理乾淨鋪了被子。

那個小客人──健太已經起床，而且換好了衣服，正在摺睡衣和棉被。雖然他看起來很乖巧，但墨丸不喜歡他。

健太是個文靜的孩子，說話也很有禮貌，不會欺負或是捉弄墨丸和招財貓，但總覺得他另有圖謀。

連墨丸的鬍鬚都豎了起來，所以這種感覺絕對錯不了，主人懷疑他可能是「別有用心的人派來的間諜」，搞不好真的是這麼一回事。

墨丸下定決心，要好好盯著他的一舉一動。

健太摺好被子後走出房間，就這樣直接走去廚房，墨丸當然也靜靜的跟在他身後。

紅子現在正在廚房裡，她繫著白色圍裙，俐落的準備早餐要吃

的煎蛋。金色招財貓也都在這裡，幫忙把白飯和味噌湯裝在小碗

內，然後像接力一樣端到餐桌上。

健太看著眼前的景象，覺得有點不可思議的眨了眨眼，但他立

刻擠出笑容，大聲的向紅子打招呼。

「早安！」

「喔，早安。」

紅子轉過頭回應。

墨丸的主人今天也很漂亮。她的頭髮像雪一樣白，臉蛋又很豐

腴，高大的身材穿著圍裙也很好看。

墨丸平時都會跑過去向主人撒嬌，但牠今天忍住了，繼續留在原地觀察健太。

健太看到紅子時似乎有點畏縮。無論再怎麼狡猾或是心狠手辣的人，在紅子面前一定都會害怕。

紅子看到健太扭扭捏捏的站在那裡，便對他說：

「你先去隔壁的榻榻米房，藍色坐墊是你的座位。煎蛋快做好了，你坐著等一下。」

「需要幫忙嗎？」

「現在還不需要。」

14

健太走去鋪了榻榻米的房間，墨丸也緊跟在後。這時，墨丸和紅子對上了眼。

「拜託你了。」紅子用眼神這麼對墨丸說。

廚房隔壁的房間很寬敞，屋內整齊的排列著一個個小坐墊和矮桌，那些都是招財貓的座位。

最前面是個很大的紅色坐墊和特大尺寸的矮桌，不用說，那當然是紅子的座位。在那個座位的兩側，還分別各放了一個兒童用的坐墊和矮桌。右側的坐墊是銀色，左側的則是藍色。

健太已經坐在左側的坐墊上，墨丸覺得他看起來很討厭，忍不

住狠狠瞪了他一眼。

「這個來路不明的傢伙，竟然要坐在主人的旁邊吃飯。哼，真是

越想越火大。」墨丸心想。

墨丸故意放慢腳步，盡可能動作優雅的坐在自己的銀色坐墊上。

「啊，早安，我記得你叫墨丸對吧？」

健太用討好的語氣向墨丸打招呼，但墨丸只是看了他一眼，沒

有其他的反應。

不一會兒，紅子端著裝了好幾個盤子的托盤走進房間，盤子上

裝了滿滿的黃色煎蛋。

紅子把裝了煎蛋的盤子放在桌上，然後在自己的座位坐了下來。

「大家久等了，開始用餐吧。來，開動了！」

「喵嗚！」

招財貓異口同聲的叫了一聲，然後開始享用早餐。今天的早餐

是剛煮好的飯、馬鈴薯味噌湯、醃蘿蔔，還有滿滿魚卵的柳葉魚，

而裝了甜甜煎蛋的盤子也輪流傳給每一個人。

健太安靜的吃著早餐，墨丸也稍微放心的大口吃著柳葉魚。

這時，墨丸聽到健太問紅子：

「請……今天要做什麼？」

「當然是要開門做生意啊。先打掃，接著把新商品放到貨架上，再用抽獎機抽出今天的幸運客人，然後再開門營業。」

「我可以幫忙嗎？」健太問。

「可以啊。」

聽到紅子的回答，不光是墨丸，就連坐在一旁聽他們對話的所有招財貓，都同時把味噌湯噴了出來，彷彿是在說：「怎麼會這樣！

這家店這麼重要，怎麼可以讓他幫忙？」

所有的貓都大驚失色，只有紅子泰然自若。

「但是你在做任何事以前都要先問我，因為本店有許多商品都不

簡單。

「好！哇，太高興了，我一直想在這家店工作！」

健太興奮得大口吃著飯。

大吃一驚的墨丸也終於回過神。

主人同意讓健太在店裡工作一定有原因，無論如何，自己都要

緊盯著他，所以現在必須趕快吃飯才行。

這麼一想，墨丸也開始大口吃了起來。

這個世界上，絕對有所謂的雨女、雨男。

佳奈是這麼想的，因為她自己就是雨女。

人生在世二十五年，每逢重要的日子都會下雨。生日、畢業典禮、遠足、旅行、約會都必定會下雨。聽說她出生的那天也下大雨，所以絕對是百分之百的雨女。

她所有朋友都知道這件事，經常調侃她說：「既然佳奈要來，那就要帶折傘了。」或是「拜託，你不要又帶雨一起來。」佳奈每次聽到這種話都覺得很煩。

「我也不希望自己是雨女啊！」

所以當佳奈收到了好友陽子寄來的喜帖，說她將在四月舉辦婚

禮，希望佳奈一定要來參加，佳奈為此煩惱得不得了。

最好的朋友要結婚了，照理說，她應該排除萬難都要參加，但是萬一自己去參加，導致那天下雨怎麼辦？那就會毀了那場婚禮。

婚禮最怕遇到下雨，想到會濺得滿身泥濘，就必須放棄穿高跟鞋，也不能穿和服，還必須考慮交通的問題。喜帖上寫著「婚禮採取花園派對的方式」，萬一下雨，肯定會毀了喜慶的氣氛。

「唉，還是別去參加，買禮物寄給陽子就好。」

星期天，佳奈決定去百貨公司買禮物，結果那天也下起了雨。

「這就是所謂的禍不單行，屋漏偏逢連夜雨。」

佳奈撐著傘，垂頭喪氣的走去公車站。她的心情始終都很沮喪。

真希望自己能成為晴女，哪怕只有一天也好，那就可以放心去參加陽子的婚禮了，也可以當面向新娘說聲「恭喜」！

等到佳奈不經意的抬起頭時，她嚇了一大跳。

可能是因為心不在焉走錯了路，她在不知不覺中走進一條陌生的昏暗小巷。

她四處張望，想離開這條小巷，卻發現前面有一家柑仔店。那家柑仔店掛著「錢天堂」的牌子，店面看起來又小又舊，但整家店散發出迷人的魅力。

「來吧、來吧，過來這裡。」柑仔店好像在雨絲的另一端向她招手。

佳奈被那個寧靜的召喚聲吸引，就這樣走進了柑仔店。

店裡有一個很高大的女人，還有一個八歲左右的男孩。

女人一頭雪白的頭髮上插了五顏六色的髮簪，還穿著一件古錢幣圖案的紫紅色和服，一看就知道不是普通人。

那個男孩看起來很普通，穿著運動服和牛仔褲，很開心的看著佳奈。

「歡迎光臨，幸運的客人。」

「歡迎光臨，幸運的客人！」

男孩很有精神的跟著高大的女人招呼客人，他可能是老闆娘的小孩，在店裡幫忙。

真可愛。佳奈露出微笑打量著店內，發現店裡的商品都很神奇。

順風耳軟糖、剛剛好口金包、貘貘最中餅、哈哈糖、控制蛋糕卷、妖怪羊羹、彩虹麥芽糖、芭蕾閃電泡芙、吵架花生、探險茶——以前從來沒有看過這些東西，佳奈不知不覺的專心打量起店裡的商品。

這時，那個女人對她說：

「如果你有想要的東西，請儘管告訴我紅子。」『錢天堂』隨時準備著豐富的商品，提供給幸運的客人。」

「想要的東西？」

自己並沒有想要什麼。

她想這麼回答，沒想到脫口而出的竟然是完全不同的話。

「我希望自己可以成為『晴女』。」

「成為晴女？為什麼？」

「因為我想去參加朋友的婚禮。」

聽完佳奈的說明，這個自稱是紅子的女人，臉上露出了笑容。

「原來是這樣，有一種零食完全符合你的需求。」

紅子說完，從架子上拿出一個小瓶子，瓶子裡裝滿了檸檬形狀的糖果。

「這個『晴天檸檬糖』，是加了太陽精華的喜慶糖果，召喚好天氣的能力也無與倫比，你想要嗎？」

「我要買！」

佳奈毫不猶豫的回答。她一看到「晴天檸檬糖」，就覺得它屬於自己，想要得不得了。

「十元一瓶，請你用平成九年的十元硬幣支付。」

「咦？平成九年的十元硬幣？我不知道有沒有。」

「請在皮夾裡找一下，你一定有。」

聽到老闆娘這麼說，佳奈打開皮包找了一下，結果真的找到了平成九年的十元硬幣。

她怎麼會知道？

佳奈感到很不可思議，但還是付錢買下晴天檸檬糖。

「謝謝惠顧。其實……你不用這麼討厭下雨，不是有句話說『雨水是上天的恩惠嗎？』」

「哦，沒錯，說得也對。」

28

佳奈心不在焉的走出了柑仔店。

等那個年輕的女人離開後，健太抬頭看著紅子問：

「那個人會怎麼樣？」

「我也不知道她會怎麼樣，但這個十元硬幣遲早會告訴我，她到底有沒有得到幸福。健太，請你把這個十元硬幣放進瓶子裡，如果順利的話，又可以多一隻金色招財貓了。」

「好！」

健太一臉嚴肅的接過十元硬幣，把錢幣放進小瓶子中。

墨丸躲在暗處看著這一切。

佳奈興奮的走出小巷，她走在路上時，忍不住頻頻看著手上的「晴天檸檬糖」。

怎麼會有這麼棒的零食呢？檸檬的形狀也很可愛，就像是蜜餞在表面撒了砂糖，讓人看了忍不住流口水。而且糖果散發出淡淡的光澤，真的就像是太陽的精華。

這時，她發現瓶底有一張白色貼紙，貼紙上寫了以下內容：

喜慶的日子，當然希望天氣也晴朗。如果你有這種心願，那「晴天檸檬糖」就是為你量身打造的零食。只要吃一顆，效果就能持續一整天，但如果不是真⋯⋯

之後的文字很模糊，可能是因為剛才手溼溼的，一直把瓶子拿在手上打量，所以字都化開了，無法看到說明書的完整說明。

「糟糕！好煩喔，我真的太討厭下雨了！」

佳奈嘴上這麼抱怨，但她的內心卻很雀躍。

可以讓喜慶的日子天氣放晴——如果真的有這種能力，不知道

該有多好。現在雨越下越大，不如就來試試看。今天是買到「晴天

檸檬糖」的喜慶日子，如果瓶子上寫的內容是真的，天氣就會放

晴。即使太陽不露臉，至少應該不會再下雨了。

佳奈帶著期待和希望打開瓶子，把一顆晴天檸檬糖放進嘴巴裡。

「好酸！」

檸檬清新的味道充滿口腔，同時還能感受到甜味。蜂蜜般柔和

的甜味在舌尖擴散，酸味和甜味非常協調，佳奈頓時有種幸福的感

覺。她充分感受著這種美味，直到那顆糖果在嘴裡完全融化。

等佳奈回過神時，雨停了。她看向天空，發現灰色的烏雲漸漸

散開，明亮的太陽露臉了。

「不會吧……」

她以為自己在做夢，所以捏了捏自己的臉頰，但天空真的放晴了。

天氣預報明明說，今天會下一整天的雨。

佳奈仔細打量晴天檸檬糖的瓶子。

這是有魔力的糖果，是可以召喚太陽的糖果。沒想到真的有這種神力，雖然難以置信，但目前只能相信了。

喜悅漸漸在佳奈的內心擴散。這樣就沒問題了！即使去參加陽

子的婚禮，也不會給任何人添麻煩。

「太棒了！」

佳奈忍不住高聲歡呼，收起雨傘跑回家裡。

她不想去百貨公司了，要趕快回家，在喜帖的回覆明信片上填寫「出席」。

那天之後，佳奈也用了好幾次晴天檸檬糖。

奶奶的生日、公司同事一起去賞花的日子，還有約會的時候，她都吃了晴天檸檬糖。

晴天檸檬糖每次都發揮了效果，它也讓佳奈第一次在約會時遇到晴天，所以在遊樂園玩得很盡興。

「這一切都是晴天檸檬糖的功勞，真希望有更多這種糖果，如果有很多晴天檸檬糖，就可以高枕無憂了。」佳奈心想。

於是她每逢假日就去「錢天堂」柑仔店之前所在的地方尋找，但是她始終沒有再找到那家店。

她走遍每一條小巷，不要說柑仔店了，附近就連一間商店都沒看到，簡直就像那家店根本不存在。

佳奈雖然很失望，但也更珍惜自己手上的晴天檸檬糖。

「只有在重要時刻才能吃，下一次要等到陽子結婚的時候再吃。」

終於等到陽子結婚的日子了。

天氣預報說今天是晴朗的好天氣，但為了保險起見，佳奈在出

門前吃了一顆晴天檸檬糖。

「這樣就能安心了。」

她穿上漂亮的洋裝和心愛的高跟鞋，容光煥發的前往婚禮會場。

中途她遇到了另外五個朋友，其他人都驚訝的說：「佳奈來參

加婚禮，竟然是好天氣！」

「呵呵，我已經擺脫雨女了，以後請叫我晴女。」

「什麼？你是晴女？」

「怎麼可能！今天剛好是奇蹟出現吧？」

「沒這回事，我已經變成晴女了！」

「好吧好吧，隨你怎麼說。我們走吧，趕快去看新娘。」

身穿婚紗的陽子美若天仙，新郎也很帥氣，佳奈和其他朋友都興奮的說：「好羨慕你可以嫁給這麼帥的人。」

不一會兒，婚禮開始了。佳奈來到舉行儀式的漂亮綠色庭園，再度慶幸自己吃了晴天檸檬糖。因為在花園舉行婚禮，天氣的好壞是關鍵。

在婚禮聖歌隊的歌聲中，新娘陽子緩緩走向在漂亮拱門下等待

的新郎。

就在新郎和新娘牽手的時候……

「咻咻咻咻！」

突然一陣狂風吹來。這陣風很強，幾乎快把人吹倒了，現場到處都響起尖叫聲。

「這是怎麼回事！」

她大驚失色。

佳奈遮著臉，抬頭看向天空。

原本晴朗的天空突然烏雲密布，而且響起了轟隆隆的可怕聲

音。接著……

滂沱大雨傾盆而下，簡直就像天空中有無數個水桶同時被打翻了。

「啊啊啊啊啊！」

「哇啊啊啊！」

所有人都發出尖叫，婚禮會場的工作人員也驚慌失措的到處亂跑。

正當大家準備逃去可以躲雨的地方時，一道閃電劃過天空，好像要把天空撕成了兩半。

「啊啊啊啊！」

聽到別人的驚叫聲，佳奈陷入了崩潰的情緒，她覺得一定是自己帶來了這場突如其來的暴風雨。雖然不知道理由，但她認為原因就出在自己身上，得趕快離開會場才行。

「為了大家、為了陽子，我要趕快離開。」

佳奈在大雨中奔跑，臉上的淚水也絲毫不比大雨遜色……

那天晚上，朋友們紛紛傳訊息給她，大家發現佳奈突然從婚禮會場消失，都覺得很擔心。

佳奈辯稱：「我被雷聲嚇到，忍不住就逃走了。」

「白天的雷聲真的太可怕了，不過那場雨是怎麼回事？該不會是佳奈召喚來的吧？原本還是大晴天，結果突然下那麼大的雨，這實在太詭異了。看來你不只是雨女，而是暴風雨女。」

雖然朋友傳這些內容應該只是在開玩笑，但佳奈感到很沮喪。

婚禮時突然下雨應該是自己造成的，但是為什麼會這樣？自己明明已經吃了晴天檸檬糖，為什麼還會下雨？而且還是下暴風雨？

難道是「雨女」的能力太強，連「晴天檸檬糖」也抵擋不了嗎？

總之，佳奈因為自己毀了陽子的婚禮感到很愧疚。

但是幾天之後，沮喪的佳奈收到了更令她崩潰的通知。陽子傳

訊息給所有人說：「我不結婚了，真的很對不起那天特地來參加的各位，你們送的紅包我會如數歸還。」

佳奈深受打擊，簡直就像被當頭敲了一棒。

陽子不結婚了，難道是因為婚禮遇上暴風雨，她覺得不吉利嗎？如果真的是這樣，這一切都是自己的錯。

佳奈覺得自己造成了朋友的不幸，並且為此痛苦不已。之前她對「晴天檸檬糖」充滿感謝，如今卻覺得這個零食很可恨、很討厭。

煩惱了好幾個星期後，佳奈終於忍不住約陽子見面。

陽子看起來出乎意料的精神抖擻，她用笑臉迎接佳奈。看著那

樣的陽子，佳奈向她開口道歉。

「對不起！」

「你為什麼跟我說對不起？突然這麼說是出了什麼事嗎？」

「婚禮的事……那場暴風雨應該是我引起的。」

「佳奈，你在說什麼啊？啊，我知道了，因為有人說你是『暴風雨女』，所以你一直耿耿於懷嗎？」

「你別把這些玩笑話放在心上。」陽子笑著說，「而且，如果是你引起那場暴風雨，我反而要感謝你。要是我真的嫁給那個人，後果就不堪設想了。」

「咦？」

陽子露出凝重的表情，對瞪大眼睛的佳奈說：

「佳奈，你那時候已經離開了，所以可能不知道……當第二次雷聲響起時，他竟然離開我跑去他媽身邊，還叫著『媽媽，我好害怕啊』。」

「不會吧……」

「這是真的，他嚇得像小孩子一樣哭了起來，我和其他人看了都很傻眼，只有他媽一臉擔心的說『小信，別害怕，媽媽和你一起去裡面。』結果他們母子倆真的走進室內，把我這個淋成落湯雞的新娘

留在原地。」

陽子聳了聳肩說：「我沒想到自己會遇到那麼慘的事。」

「變成那樣，婚事只能告吹了。我看到他的臉就想吐，這場婚禮當然也進行不下去了。而且我事後才知道，他不只膽小，還有嚴重的戀母情結，而且花錢如流水，到處向人借錢欠債，好像也是為了錢才和我結婚的。」

「這是真的嗎？」

「當然是真的。我被他騙了，因為他在我面前都裝得很乖，我爸爸還很高興的說多虧有那場暴風雨，才可以認清他的真面目，和他

「斷絕關係。」

陽子一臉神清氣爽，似乎真的很高興。

目瞪口呆的佳奈突然恍然大悟。

晴天檸檬糖會讓喜慶的日子天氣放晴，但陽子的婚禮根本不是喜事。如果真的和那個男人結婚，陽子一定會很不幸。晴天檸檬糖會為「不值得慶賀的日子」帶來什麼？該不會是天氣非但不會放晴，反而會召來風雨，而且還是暴風雨？

「所以才會下起暴風雨嗎？」

但如果不是真正的喜事，就會召喚暴風雨。

佳奈猜想瓶底的貼紙上，那些因為碰到水而看不清楚的內容，可能是寫了這句話。沒錯，一定就是這樣。

佳奈頓時覺得心情舒暢，鬆了一口氣。

總而言之，幸好陽子沒有心情低沉，而且也因此沒有嫁給一個渣男也很令人高興。佳奈覺得自己就像是在千鈞一髮之際救了公主的英雄。

她突然想到那家柑仔店老闆娘紅子說的話，紅子說：「雨水也

是上天的恩惠。」這句話說得完全正確，晴天檸檬糖帶來的雨水，也

帶來了好事。

「太棒了。」佳奈小聲的說。

里村佳奈，二十五歲的女人。平成九年的十元硬幣。

2 順風耳軟糖

那天早晨吃完早餐後，紅子對健太說：

「今天會稍微晚一點開店，因為我有事要處理一下。你和招財貓一起洗好碗後，請你幫忙打掃店裡。」

「好。」

健太按照紅子的指示和招財貓一起洗了碗，然後拿起抹布在店內打掃。總之，他順從的做好紅子吩咐的事，絲毫沒有怨言。

但是墨丸完全沒有鬆懈，因為他們直到現在還是不知道健太的底細，他是從哪裡來的？到底在隱瞞什麼？墨丸打算在了解清楚之前，每分每秒都要緊盯著他。

他到底要去哪裡？

墨丸緊張的跟在他身後。

打掃完畢，健太收拾好打掃工具，然後走向店內深處。

但健太只是去向紅子報告自己已經打掃完畢。

「老闆娘，我打掃完了。」

「這樣啊，辛苦你了。在開店做生意之前，你可以休息一下。」

紅子正在做針線活，她的手上拿著跟抹布大小差不多的東西，但使用的布料很鮮豔。

紅子拿著針不停縫補，健太小聲的問：

「請問你在做什麼？」

「你也看到了，我在縫補東西啊。招財貓的被子有點破了，我正在為牠們補棉被。好了，這樣就完成了。」

紅子把縫好的小被子放在一起，看著健太說：

「接下來要做你的衣服。」

「我、我的衣服？」

「對，既然你要在店裡幫忙，比起穿普通的衣服，穿符合店裡氣氛的衣服更理想。你來得正好，讓我量一下尺寸。」

紅子說完，便用捲尺測量起健太的身形。

健太站在那裡一動也不動，但露出了靦腆的笑容。墨丸覺得他的笑容很詭異，好像在暗中竊笑「太好了，紅子開始相信我了」。

「好，你現在可以自由活動了。什麼顏色適合你呢……啊，這塊布料感覺不錯。」

紅子從旁邊的籃子裡拿出藍色布料。略帶紫色的深藍色布料上，有著白色的三角形圖案。

紅子拿起剪刀喀嚓喀嚓的剪了起來，健太迫不及待的問：

「請問什麼時候可以做好？」

「馬上就做好了。紅子我很擅長做針線活，你就看著吧。」

紅子拿起針線，她的手好像在變魔術似的動了起來。

健太目不轉睛的看著紅子，似乎打算在衣服做好之前都不離開。

他到底有什麼打算？他接下來想要做什麼？

墨丸想著這些問題，繼續監視健太。

就讀小學五年級的智也覺得很煩。

班上的女生都很討厭，尤其是坐在他前面的美彌子和美漣。她們經常轉頭看智也，然後笑嘻嘻的小聲討論。智也覺得她們討厭極了。

「她們到底在說什麼？在討論我嗎？在說我的壞話嗎？如果有話要說為什麼不大聲說出來？可惡！」

他很想抓住她們的肩膀用力搖晃，問她們：「你們到底在說什麼？」但如果真的這麼做，班上所有女生一定會大叫：「智也動手打女生！暴力男！」到時候會更麻煩。

最後，智也只能忍耐，但是他的耐心幾乎快到極限了。

他很想知道她們到底在討論什麼，哪怕只知道一點點也好。要是知道她們討論的內容，就不會這麼心煩了。

從學校回家的路上，美彌子她們討厭的笑容一直在智也的腦海中打轉。他用力嘆了一口氣，然後好像聽到有人在叫他。

他抬頭看向旁邊，發現那裡有一條昏暗的小巷。如果是平時，他一定會頭也不回的走過去，但今天他格外好奇，很想走進去看看。反正今天不用上補習班，不必急著趕回家。

「有什麼關係嘛，進去探險一下，裡面一定有好東西。」智也心想。

智也走進了小巷，每走一步，周圍的環境就變得更加安靜，心

情也越來越興奮。

這裡絕對不是普通的地方，他第一次感受到這種氣氛，前面一定有不同凡響的東西。

他的直覺沒錯，他在那裡發現了一家柑仔店，店裡陳列了許多以前從來沒見過的零食，而且它們好像都在閃閃發光，智也感覺到自己心跳加速。

「找到了，我終於來到這裡了，這裡絕對是魔法柑仔店。」

他吞著口水走進店裡，發現裡頭有一個比他年紀還小的男孩，穿著白色三角形圖案的藍色和服短外衣，抬頭挺胸的站在那裡。他

是老闆的兒子嗎？

男孩看到智也，立刻露出笑容。

「歡迎光臨，幸運的客人！」

「啊？你是說我嗎？」

「對，能夠踏進這家店的人都是幸運的客人。這家店叫『錢天堂』，可以讓客人的心願成真。」

好奇怪。智也這麼想著，同時放眼打量店內，他越看越覺得那些零食和玩具太棒了。

「這是什麼？感覺好厲害，太棒了！」

當他探頭看向架子深處想看得更清楚時，忍不住倒吸了一口氣，因為他終於找到了想要的零食，找到了他發自內心渴望的東西。

那種零食裝在手心大小的小盒子裡，盒子上畫了一個男孩豎起耳朵的模樣，上面用細字寫著「順風耳軟糖」。

智也回頭看著男孩說：

「這個！我非買這個不可！」

「我要買那個『順風耳軟糖』。」

「喔，好的，請稍等一下。」

男孩跑向店內深處，然後帶著一個身穿和服的高大阿姨走了回

來。那個一頭白髮的阿姨氣場很強，她一看到智也立刻眉開眼笑。

「幸運的客人，歡迎來到『錢天堂』，聽說你已經找到了想要的商品？」

「啊，呃，是、是啊，我要買放在那裡的『順風耳軟糖』。」

「這樣啊，價格是五百元。」

「五、五百元？」

智也忍不住有些退縮，因為零食的價格偏高，而且五百元是他目前身上所有的財產。

但是智也並沒有不買東西的選項，因為他無論如何都很想要那

款零食。

他把五百元硬幣遞給阿姨，阿姨又笑著對他說：

「沒錯，這的確是今天的幸運寶物，昭和五十八年的五百元硬幣。謝謝惠顧。」

阿姨說完之後，把「順風耳軟糖」交給了智也，然後意味深長的小聲對他說：

「如果想要聽到所有的事，反而會讓自己很累，適可而止比較好。」

雖然聽不懂這句話的意思，但智也還是點了點頭。

他牢牢握著「順風耳軟糖」一路跑回家，等回到自己的房間後，才仔細打量手中的零食。「順風耳軟糖」仍然有著不可思議的魅力，而且散發出比剛才更加強烈的吸引力。

「這是為我量身訂做的零食，我要趕快吃掉。」

他急急忙忙打開盒子，把裡面的東西倒在手心上。盒子裡裝著紅色、黃色和綠色的軟糖，而且全都是耳朵的形狀。

「太好玩了！」

智也笑著把軟糖放進嘴裡。紅色的軟糖是櫻桃口味，黃色是香蕉口味，綠色是萊姆口味。雖然味道各不相同，但都很有彈性，口

感也很有咬勁，每一種顏色的軟糖都很好吃。

智也一轉眼就吃完軟糖了，覺得有點可惜。

下次還要再買這種軟糖，也要告訴媽媽，如果看到這種糖果，一定要記得買回來。

智也沒有把順風耳軟糖的盒子丟掉，而是放進書桌的抽屜裡，打算晚一點拿給媽媽看。

突然，他覺得耳朵深處很癢。原本以為搔癢感一下子就會消失，沒想到卻覺得越來越癢，似乎是該挖耳屎了。

智也拿出掏耳棒清潔耳朵。

就在這時……

「告訴你一個祕密，我這個月死定了，我瞞著我老公買了一件春季新推出的風衣。」

智也聽到媽媽的聲音在耳朵旁響起，嚇了一跳，差一點就把掏耳棒塞進耳朵裡。

他急忙把掏耳棒拿出來，回頭察看。

「媽媽？」

但是他的身後沒有人。

「真奇怪。」

他偏著頭納悶時，又聽到了媽媽的聲音，而且這次聲音也是在耳邊響起。

「對啊，因為我太喜歡那件風衣了，無論如何都想要擁有，所以呵呵呵呵

接下來這段日子，家裡只能吃偷工減料的懶人料理菜色了。

呵，沒錯，千萬不能讓家裡的人知道。」

智也沒有看到媽媽，卻可以清楚聽到媽媽的聲音，簡直就像是有個透明的媽媽在房間裡。

智也冒著冷汗、心裡發毛，但是突然想起一件事。

「這……該不會是『順風耳軟糖』的效果？」

他急急忙忙把剛才放進抽屜的「順風耳軟糖」盒子拿出來，盒子背後寫著這樣的內容：

「順風耳軟糖」具有可以聽到別人說悄悄話的能力，只要吃了這款零食，就可以清楚聽到別人的祕密。只要想聽就能聽到所有的事，推薦給想知道別人祕密的人。

「果然是這個零食的效果！」

智也興奮起來。

「可以聽到別人說的悄悄話？那不正是我想擁有的能力嗎？」剛

才柑仔店的男孩說「這家店可以讓客人的心願成真」，原來他說的是真的。

不過智也還是有點無法相信，他決定要確認一下。

他悄悄走出房間，走去媽媽所在的廚房。媽媽正在講電話，雖

然她說話的音量很小，智也卻聽得一清二楚。

「對，今天的晚餐是麻婆豆腐調理包，這道菜不用花什麼錢，而且我兒子也很喜歡。明天⋯⋯來煮咖哩好了，把冰箱裡剩下的食材丟進去，他們就會以為加了很多料。」

媽媽竟然在打這種主意。智也聽了覺得很好笑，差點笑出來。

媽媽掛上電話後，智也若無其事的走進廚房。

「媽媽，今天晚上要吃麻婆豆腐嗎？」

「咦？對、對啊……你怎麼知道？」

「嘿嘿，明天該不會要吃咖哩吧？」

媽媽這次終於露出了驚訝的表情。

「你聽到我說的話了嗎？」

「因為媽媽說話的聲音傳進我耳裡了。但是會不會太過分啦？就

因為媽媽買了新風衣，我和爸爸就得吃偷工減料的懶人料理，而且

還要一直吃到發薪水的日子？」

「喂！你怎麼可以說這種話？」

「那是你自己說的啊，不知道爸爸聽到的話會說什麼。」

「呃……好、好啦，等到發薪水的日子，我會做你愛吃的菜。千萬不能告訴爸爸，知道了嗎？」

「好啊，那我要吃牛排，而且要厚切牛排。」

智也和媽媽完成交易後，一邊舔著嘴唇，一邊想：「這招真是太好用了。」

知道別人的祕密，就等於掌握了別人的把柄。只要妥善運用，對智也來說應該不是吃虧的事。

隔天，他興奮的去了學校。

學校內充斥著各種聲音。

「我今天的營養午餐可以吃兩份甜點，雄介說他不喜歡吃冷凍橘子，所以說好要給我吃，很棒吧？」

「那個女生很可愛。」

「慘了，我忘了寫功課。」

「我告訴你一個祕密，其實我不太喜歡美惠。」

「昨天大地同學的射門是不是很好笑？球踢得那麼有氣無力，當然不可能射中啊，真搞不懂他為什麼這麼受歡迎。」

各式各樣的聲音從四面八方傳來，智也覺得快瘋了。

但他很快就知道要怎麼選擇聲音。方法很簡單，只要將注意力集中在某一個地方，就只會聽到那裡的人竊竊私語的聲音。

智也終於用這種能力，聽到那兩個女生——美彌子和美連究竟在說什麼了。

一開始上課，她們兩個人就開始小聲說話。和平時一樣，她們不時瞥著智也說悄悄話。

「智也今天的頭髮又翹起來了，好可愛喔。」

「美連，你真的喜歡他？太沒眼光了吧。」

「我覺得他很好啊。他的耳朵總是清得很乾淨，我不喜歡耳朵髒的男生。」

筆盒掉在地上。

智也的臉紅得像煮熟的章魚。

「咦？怎麼回事？美連喜歡我？」智也太驚訝了，一不小心把鉛筆盒掉在地上。

「真的耶，而且還低著頭，他是不是發燒了？」

「是喔，竟然是因為這樣⋯⋯咦？好奇怪，他突然臉紅了。」

「啊，你看他真的很呆耶，我勸你還是趁早放棄。」

美彌子輕蔑的說話聲傳入智也耳中，他的臉再次紅了起來，不

過理由和剛剛不同。

他現在不想去思考美漣的事，應該要先解決美彌子。美彌子太可惡了，要好好教訓她才行。

智也將耳朵的注意力集中在美彌子身上，立刻蒐集到了情報。

美彌子喜歡隔壁班的謙二，所以很嫉妒和謙二關係很好的早月，打算要偷偷把早月的鞋子藏起來。雖然美漣阻止她做這件事，但美彌子並不打算放棄惡作劇的計畫。

只要知道這件事就夠了。智也露出了得意的笑容。

下課後，他立刻跑去隔壁班。他和謙二在一、二年級時同班，

至今仍然是好朋友。

「謙二，你現在有空嗎？」

「智也，你找我有什麼事？」

「你知道我們班上有一個女生叫上尾美彌子嗎？她好像在欺負你們班的早月。」

「真的嗎？」

謙二帥氣的臉立刻皺成一團。

「你是說我從小的好朋友早月嗎？」

「對，今天午休的時候，她打算偷偷把早月的鞋子藏起來。我想

阻止這件事，你可不可以和我一起去鞋櫃那裡監視？你和早月同班，只要你也在旁邊，她應該就無話可說了。」

「要逮捕現行犯嗎？好啊，就這麼做。」

謙二用力點頭。

智也在心裡嘀咕：「美彌子，你活該，誰叫你要說我壞話，這就是懲罰。」

之後的發展和智也預期的完全一樣。

午休時，不知道智也和謙二正在監視自己的美彌子，來到了鞋櫃前。當她拿起早月的鞋子時，謙二立刻衝了出去。

「你在幹麼？這是早月的鞋子吧？」

「謙、謙二！你、你搞錯了……」

「我搞錯了什麼？我看得很清楚，你真是太可惡了！」

美彌子被自己暗戀的男生罵，立刻號啕大哭。智也在一旁竊笑，打從心底覺得太痛快了。

那天之後，智也充分運用了順風耳軟糖的力量。只要運用這種能力，就可以輕易報復說自己壞話的同學，而且豎起耳朵聽老師在辦公室的談話，還可以聽到老師打算在下一次考試出什麼題目。

智也覺得太好玩了，於是越玩越離譜。他告訴某個同學其他同

學在說他壞話，導致同學之間發生爭執，還挑撥別人好朋友之間的關係。

但是這種情況當然不可能一直持續下去，其他同學漸漸發現智也造成了大家的不愉快。

大家發現這件事之後，就沒有人再理他了。大家不再和他說話，甚至還開始在智也的背後說他壞話。

「智也這個人很卑鄙。」

「專門偷聽別人的祕密。」

「挑撥離間。」

「噁心。」

「不要理他。」

這些話不斷傳入智也耳裡，讓他慌了起來。

「大家都討厭我嗎？我是不是玩過頭了？這下子慘了。」

他反省了自己的行為，想要和大家和好，但大家都不理他，現在就連美漣也討厭智也了。

壞話不斷傳入智也的耳朵，他幾乎快要崩潰了。即使摀住耳朵，仍然會聽到那些聲音。

「我根本不想要這樣，這才不是我要的，我只是想知道別人在說

什麼而已。」智也後悔的想著。早知道就不要買「順風耳軟糖」了，

應該要去向那家叫「錢天堂」的店抗議，竟然賣這麼危險的東西，

太過分了。

放學後，智也第一個衝出教室，準備去找「錢天堂」。只要去

那家店，應該就能解決這種能力。

但是當他走出校門時，又聽到了聲音。

「你聽說了嗎？一班的美連交了男朋友。」

「啊！不會吧？是誰？」

「嘿嘿，你想知道嗎？」

智也驚訝的停下了腳步。

美漣？是那個美漣嗎？她喜歡上別的男生了嗎？到底是誰？是誰啊？

一片黑暗之中。

但是他只聽到嘰嘰的刺耳聲響和咚的沉悶聲音，然後就墜入了

他很想知道美漣的男朋友是誰，忍不住豎起了耳朵。

當他醒來時，發現自己躺在醫院的病床上。

媽媽泣不成聲的和爸爸一起守在病床旁。聽爸爸和媽媽說，他

在學校前的馬路上被車子撞到，昏迷了一個月。

「幸好你醒過來了。」媽媽喜極而泣，然後罵他：「你為什麼突然在馬路上停下腳步？」

智也嘆了一口氣。「順風耳軟糖」不僅把他害慘了，還讓他出車禍在醫院躺了一個月，腿上還打了石膏，簡直就是厄運連連。

他突然想起學校的事。

不知道其他人在做什麼？他們還在生氣嗎？

雖然他不想聽別人說自己的壞話，卻很想知道同學的情況，所以就朝學校的方向豎起耳朵。

但是不管他再怎麼專心聽，卻什麼都聽不到。

「好奇怪。」

這次他專心的想著美漣。

不知道美漣現在在說什麼？之前聽別人說她交了男朋友，不知道是不是在和男朋友聊天？

但是智也還是什麼都聽不到。他發現自己現在連隔壁病房病人的聲音都聽不到了，忍不住目瞪口呆。

為什麼？怎麼會這樣？是車禍造成的嗎？怎麼會有這種事？

無論他試了多少次，結果還是一樣——順風耳軟糖的效果消失

了。

為什麼會這樣？

智也出院之後才知道其中的緣由。

有一天，他從抽屜裡隨手拿出「順風耳軟糖」的盒子，發現盒子底部用小字寫著注意事項。

注意事項：吃了這種軟糖很容易會累積耳屎，如果不經常清潔，耳朵就會被耳屎堵住，效果也會消失。一旦發生這種情況，就會失去「順風耳」的能力，所以要隨時保持耳朵清潔。

山手智也，十一歲的男生。昭和五十八年的五百元硬幣。

3 回家蛙

傍晚六點，紅子像往常一樣對健太說：

「今天的營業時間結束了，辛苦了，接下來都是你的自由時間。」

「你可以自由決定。」

「好，那……我可以在晚餐前洗澡嗎？」

「錢天堂」的地下室除了有生產零食的工房，還有一個像公共澡

堂那麼大的寬敞浴室。健太似乎很期待和金色招財貓一起在浴池裡

泡澡，而且還說泡完澡和大家一起喝的牛奶是「全天下最好喝的牛

奶」。

但是健太這天似乎有什麼心事，喝完牛奶之後仍然悶悶不樂的。

他終於要採取行動了嗎？

墨丸比平時更加密切注意健太的一舉一動。

晚餐後，健太戰戰兢兢的問紅子。

「請問，紅子老闆娘……我來這裡已經三個星期了。」

「是啊。」

「那個……你都不問我嗎？像是我住在哪裡？有沒有和家人保持聯絡？而且你也沒有叮嚀我其他的事。」

「其他的事？」

「像是叫我寫功課，問我為什麼不去學校，或是叮嚀我要刷牙、洗手和漱口。通常大人不是都會叮嚀這些事嗎？」

「因為我沒有資格說這些話。」

紅子平靜的回答。

「健太，你是本店的客人，只是目前還沒有找到自己想要的商品罷了。你既不是這裡的員工，也不是我的家人，即使你的功課變

差，或是偷懶不刷牙變成滿口蛀牙，都和我沒有關係。」

聽到紅子平淡的回應，健太低著頭用像是蚊子叫的聲音詢問。

「我在這裡……會造成你的困擾嗎？」

「哎呀，怎麼可能會造成我的困擾呢？沒這回事。我剛才也說了，你是本店的客人，在你找到想要購買的東西之前，你可以一直留在這裡，你有這樣的資格。」

「……」

「所以，我之後也不會趕你走，即使你的家人拚命找你，甚至報警找人也一樣，因為『錢天堂』會把客人放在第一位。只是你必須

90

記住一件事，紅子我並不是你的監護人，了解嗎？」

「嗯……我了解了。」

健太說完，快步走回自己的房間。

當然，墨丸還是緊跟在他的身後。

健太走到房間門口時，突然轉過頭說：

「墨丸，你一直盯著我，從早到晚都跟在我身後……你好像不喜歡我，所以才一直監視我，對不對？」

「……」

「不好意思，我不會離開，我必須留在這裡。在那個人來這裡之

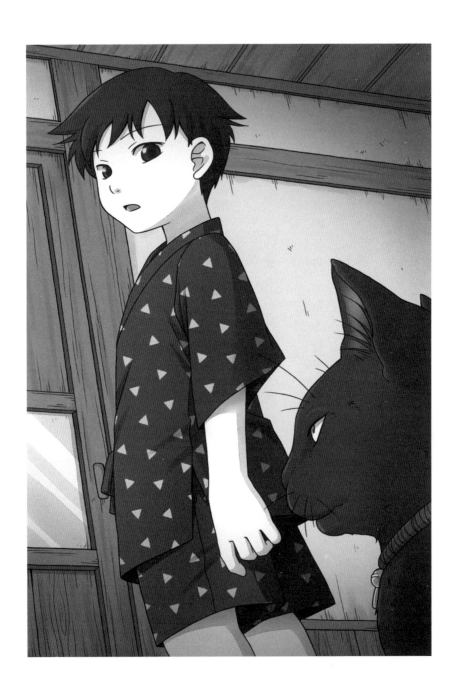

前，我絕對不會離開。」

墨丸緊張起來。

「他必須留在這裡？這句話是什麼意思？那個人又是誰？」

但是健太沒有多說什麼，就這樣走進了自己的房間。

「唉，我又迷路了！」桃子嘆著氣說。

她原本打算去住家附近的圖書館，卻在不知不覺中來到了陌生的地方，到底是在哪裡走錯了路？

算了，這也不是第一次了。桃子無力的笑了起來。

桃子很容易心不在焉。

「萬一在那個路口遇到『龍』該怎麼辦？這個水窪會不會是通往異世界的大門？」

她的腦中會不斷浮現各種幻想，然後一頭栽入幻想的世界。每當她回過神時，就會發現自己走到了陌生的地方。

因為這個原因，桃子很不擅長參加團體活動。因為她整天都在迷路，所以會造成老師和班上同學的困擾。雖然她很討厭這樣的自己，但也無可奈何，因為她的腦海中就是會不斷浮現各種幻想。

「下個星期就要去遠足了……」

而且從今年開始的遠足是去爬山，每個班級都會分成好幾個小組，桃子覺得自己十之八九會迷路。

這次遠足她和神山乃乃美分在同一組。乃乃美是桃子的死對頭，她不知道對桃子有什麼意見，經常罵她「白痴」、「你腦袋有洞嗎？」遠足本身就夠讓人傷腦筋了，竟然還要和乃乃美一組，簡直是雪上加霜。

「好煩喔，萬一不小心迷路，乃乃美一定又會罵我。」

就算迷路，希望至少能在造成大家困擾之前回到原來的地方。

桃子越想越沮喪，不斷試圖尋找離開小巷的出口，但是她沒有

看到出口，反而發現了意想不到的東西。

那是一家柑仔店，雖然店面看起來很老舊，但店裡的零食都很誘人，就連愛幻想的桃子也從來沒有想過，世界上竟然有這麼神奇有趣的零食。

她頓時激動起來。

這裡該不會是一家魔法柑仔店吧？對，一定是這樣。自己就像故事中的主人翁一樣，會在這裡得到神奇的寶物，然後展開驚人的冒險旅程！

桃子覺得自己是被選中的勇士，帶著興奮的心情走向柑仔店。

這時，有個男孩從店裡走出來，他的年紀和桃子差不多，身上穿著藍色和服短外衣，手上拿著掃把和畚箕，應該是準備要打掃店門口。

男孩一看到桃子，立刻露出了笑容。

「歡迎光臨，幸運的客人！」

「咦？呃，我想……」

「來這裡的客人絕對就是幸運的客人。請進。紅子老闆娘，有客人！」

男孩急忙跑回店裡，桃子也跟著他走進店內。店內有更多零

食、玩具堆滿了所有貨架，一個像是相撲選手的高大阿姨坐在後方的櫃臺。

這個阿姨渾身散發出一種強烈的氣場，高大的身軀穿著一件紫紅色和服，像雪一樣白的頭髮上插了五顏六色的玻璃珠髮簪。她的臉很圓潤，白白嫩嫩的皮膚上完全沒有皺紋。桃子覺得她雖然看起來很年輕，卻像是活了好幾個世紀的賢者一樣。

她笑著對桃子說：

「幸運的客人，歡迎來到『錢天堂』。」

她的聲音很嫵媚，讓人心裡有點發毛。

桃子沉默片刻，才誠惶誠恐的問：

「請、請問……我是被選中的嗎？」

「被選中？嗯，是啊，你被今天的幸運選中了。」

「果然沒錯，」桃子感到激動不已，「我是特別的人。」

她之前一直很希望自己與眾不同，沒想到這個願望終於成真了，實在太高興了。

「我接下來該怎麼做？」

「請你說出你的心願，我會拿出符合你心願的商品。這裡是『錢天堂』，可以為幸運的客人實現心願。」

阿姨甜美的聲音讓桃子感到很滿足。

「心願？該說什麼好呢？可以實現多大的心願？」

桃子想了很多，但還來不及仔細思考就脫口回答：

「我希望不會再迷路。」

「喔？你方向感很差嗎？」

「不，我的方向感並不會很差⋯⋯只是我經常心不在焉，會不知道自己走到哪裡，或是和朋友走散。我很怕自己無法回到原來的地方，這種感覺很討厭。雖然只要有智慧型手機就可以解決問題，但我爸爸說小孩子不需要用智慧型手機，所以不肯幫我買⋯⋯」

「原來是這樣。」阿姨點頭說：「你希望即使迷了路也能回到原來的地方，你想要有這種安心的感覺。既然這樣，有一件很適合你的商品。健太，你去左側角落的箱子裡找一個蘑菇形狀的吊飾。」

「好。」

原本站在旁邊的男孩立刻走過去，在箱子裡窸窸窣窣翻了一下，拿著某個東西走了回來。

「是不是這個？」

「沒錯，就是這個，你拿給客人看一下。幸運的客人，這就是本

店很有自信的商品『回家蛙』。

桃子注視著男孩遞給她的東西。

那是一個蘑菇形狀的吊飾，差不多像香菇那麼大，紅色的菇傘

上有白色斑點，外形很可愛，而且粗粗的傘柄部分還有一個洞，裡

面有一隻黃豆大小的綠色青蛙。

「我想要！」

強烈的渴望貫穿了桃子的身體，她很想要得到這個吊飾。阿姨

小聲的對她說：

「只要有這個『回家蛙』，無論在任何時候，都可以帶你回到你

想去的地方。但是下雨天就靠不住了，因為青蛙很容易在雨天玩性大發。」

阿姨接著問她：「你滿意這個商品嗎？」

桃子終於擠出聲音說：「我、我要買！」

「謝謝你喜歡這個商品。這個吊飾一百元，請用昭和五十八年的一百元硬幣支付。」

桃子聽從阿姨的指示，用她指定的一百元硬幣結帳，拿到了「回家蛙」，然後歡天喜地的走出這家神奇柑仔店。

當她回過神時，發現自己坐在一個陌生公園的長椅上。如果是

平時，她一定會很不安的想：「這裡是哪裡？我有辦法回家嗎？」

但是她今天完全不害怕。

不管自己在哪裡都沒關係，最重要的是，她有了「回家蛙」。

桃子用陶醉的眼神看著「回家蛙」，越看越覺得它很可愛，也覺得這個吊飾很重要，簡直就像是寶物。不，它真的是個寶物，因為這是她得到的魔法道具。

那個柑仔店裡的阿姨說：「只要有這個『回家蛙』，無論在任何時候，都可以帶你回到你想去的地方。」現在剛好可以試一試。

「我想去圖書館。」桃子對自己說。

她的手緊握著「回家蛙」，心裡想著圖書館。

但是，什麼事都沒有發生。

顯然沒有這種魔力。

桃子有點失望，她原本以為自己能夠瞬間移動，但「回家蛙」

她邁開步伐，但滿腦子都在想著那家柑仔店。她決定試著走走看，也許可以看到熟悉的風景。

那家店裡有各式各樣的零食，看起來好像都有魔法，但真的有

魔法嗎？自己不應該買「回家蛙」的，也許買「夢幻肉乾」會比較

好，剛才自己也很想買那個零食，說不定買「夢幻肉乾」會更好玩。

「慘了！」

自己又心不在焉了，這樣下去會越來越找不到路。

她急忙看向周圍，忍不住目瞪口呆。圖書館就在眼前，那就是

她想去的地方。剛才自己明明在胡思亂想，沒想到竟然可以走到想

去的地方，簡直就是奇蹟。

是奇蹟嗎？不對，這是「回家蛙」的力量，是那個吊飾把桃子

帶來這裡吧。但是真的是這樣嗎？說不定這只是巧合。桃子心想：

乾脆再試一次，看看到底是不是真的。

桃子這次想要回家。她向前踏出一步，沒想到兩隻腳居然自動

向前走了起來。

她的雙腳堅定的在前方轉角轉彎，接著走過路口，然後很快就

到家了。

桃子高興的拍著手。

「好厲害、好厲害，果然是『回家蛙』的力量，這是個有魔法的

道具！」

要是以後再迷路也不用感到害怕了，無論發生什麼事都沒關係。

那天過後，桃子一直把回家蛙帶在身上。只要有回家蛙，就算

再怎麼心不在焉也沒關係。在她沉浸於幻想世界的期間，還是可以

抵達想去的地方。

但是回家蛙也有做不到的事，那就是它無法帶桃子去以前沒有去過的地方，回家蛙的魔法似乎只有「回到曾經去過的地方」而已。

就算是這樣，桃子也很滿足。總之，不會迷路是最重要的。即使一個人走失了，只要對回家蛙說「去大家集合的地方」，就可以如願以償。這樣一來，去山上遠足就不必擔心了，這是桃子第一次期待遠足的到來。

終於到了遠足的日子。當天的健行行程是從山麓的自然公園出發，繞山上的健行步道走一圈，然後再回到公園。

抵達公園後，全班先分成好幾個小組，然後再依次出發。桃子

的小組成員有桃子、乃乃美、香穗，還有三個男生。

桃子忍不住在內心嘆氣，覺得這個小組讓人渾身不自在。

雖然是用抽籤決定分組，但和乃乃美分在同一組簡直倒楣透頂。

而且桃子以前幾乎沒和香穗聊過天，香穗很文靜，感覺是個無憂無慮的人。至於另外三個男生，桃子也完全沒有和他們說過話。桃子握緊了掛

總之，自己千萬不能因為迷路被同組的人責怪。桃子決定先去公

在背包上的回家蛙。

桃子的組別是第八組，離出發還有一點時間，桃子決定先去公園的廁所，乃乃美也說要一起去。

沒想到當她們回到集合地點時，只剩一臉快哭出來的香穗站在那裡，另外三個男生都不見蹤影。

「我們要在這附近找鍬形蟲，你們自己先往前走，我們等一下就去找你們，就這樣嘍！」那些男生說完，一轉眼就跑進了樹林。

香穗說那三個男生先上山了。

「對、對不起，我叫他們不要走，但他們不聽。」

桃子聽了臉色發白，如果老師得知這件事，自己也會挨罵，無論如何都要在被老師發現之前找到那幾個男生，和他們會合。

桃子、乃乃美和香穗，對站在健行步道入口的老師說：「男生

先上山了，我們現在去追他們。」然後才走進山裡。她們一上山，就

立刻離開健行步道去找那三個男生，但是山上的樹木很茂密，很快

就找不到剛才走過的路在哪裡。

「沒、沒問題嗎？是不是跟老師說實話比較好？」

香穗有點害怕的問，但乃乃美瞪著她說：

「如果告訴老師，連我們也會一起挨罵！我才不要被罵，你別想

這種事了，專心找他們啦。」

「喔，好吧。」

「唉，真的太生氣了。」

在那之後，乃乃美也一直在罵人。

「他們三個都是傻瓜，真的是傻瓜！他們為什麼搞不懂，萬一迷路了會造成大家的困擾！」

「香穗，如果你剛才制止他們，我們現在就不必浪費這種時間了，你的很沒用。」

「喂，桃子！不是那裡啦，走這裡！如果連你也走失，我真的要昏倒了。」

「我真是太倒楣了，竟然和你們這些人同一組！香穗一點用也沒有，桃子又是個路痴，唉，我真的太倒楣了！」

乃乃美的抱怨沒完沒了，桃子越聽越煩。

她只會說別人的壞話嗎？真希望她迷路。

桃子突然停下腳步。

對啊，乾脆就讓她迷路好了？反正對象是乃乃美，應該要讓她

吃點苦頭。

很多以前發生過的事，全都湧上了桃子的心頭。

每次桃子一犯錯，乃乃美就會用最難聽的話攻擊她，而且乃乃

美向來目中無人，只要遇到不高興的事就會罵人。乃乃美真的很討

厭，真想好好教訓她。

桃子立刻想到了教訓乃乃美的計畫。

再往山裡走一點，就把乃乃美丟在那裡。雖然事後會去找她，但要讓她體會一下走失時的心情。

桃子若無其事的讓乃乃美繼續往山裡走。要做到這一點很簡單，只要桃子問：「走這裡是不是比較好？」乃乃美一定會走去相反的方向。

「你的直覺絕對靠不住。」

乃乃美自信滿滿的走在最前面，向樹林深處前進。桃子跟在她身後，在心中笑了出來。

桃子覺得距離差不多了，這裡離健行步道有一段距離，聽不到任何人說話的聲音，一旦在這裡迷路，絕對無法輕易下山。

桃子故意大聲的問：

人也完全看不到，我們是不是迷路了？」

「乃乃美，這條路好像不太對。不要說那幾個男生了，就連其他

「你在胡說什麼！」

乃乃美氣勢洶洶的轉過頭說：

「我怎麼可能會迷路？我又不是你，我走的路絕對沒問題！」

「但是從剛才開始就沒有遇到任何人！」

「你少囉嗦！我不是說了沒問題嗎？」

乃乃美氣得滿臉通紅。桃子在內心笑了起來，乃乃美整天抱怨別人，卻很討厭別人抱怨她。

「那你知道我們在哪裡嗎？你是不是不知道？」

「煩、煩死了！」

「我不是在煩你，我和香穗一路跟著你走到這裡，萬一真的迷路了，那就是你帶錯路啊。」

「煩死了、煩死了、煩死了！」

乃乃美氣急敗壞的跺著腳，就這樣跑進了樹林深處。因為她無

法反駁桃子的話，所以逃走了。

乃乃美跑走以後，桃子轉頭看著手足無措的香穗。

「我們走吧，不要管她了。別擔心，我知道路，跟我走就好。」

「咦？但是……不管乃乃美，這、這樣好嗎？」

「是她自己跑掉的，等她冷靜之後就會追上我們。別擔心，我們快走吧，天色突然暗了下來，搞不好會下雨。」

「嗯，好。」

香穗點頭同意，讓桃子鬆了一口氣。

接下來該怎麼辦？先去找那幾個笨男生嗎？不，也許應該先回

公園告訴老師男生和乃乃美都走失了。

正當桃子陷入煩惱時，一陣冷風吹來，突然下起了雨，而且雨還下得很大。

「慘了，下雨了！」

「要不要先找個地方躲雨？」

「不，我覺得還是先回公園告訴老師，請老師去找其他人比較好。」

如果繼續在這裡磨蹭，乃乃美可能會走回來，她們得在乃乃美回來之前離開。

桃子快步走了起來。

回程的路很不好走，被雨淋溼的地面很滑，桃子有好幾次都差點跌倒，衣服和身上全被雨淋溼了，感覺越來越冷。

「只要再忍耐一下就好，因為我有『回家蛙』，只要繼續走，一定可以回到出發的公園。」桃子心想。

不過她們走了很久都沒有看到健行步道，也沒有遇到任何人，當然更沒有看到公園。

「桃子，我們是不是一直在原地打轉？」

「沒、沒這回事，不用擔心。」

雨下得越來越大，根本無法繼續在雨中走路，於是桃子決定先去躲雨。

她們來到一棵大樹下，桃子不經意的確認了一下背包上的回家蛙。

今天好像無法順利發揮功能，不知道是怎麼回事？

她看了一眼吊飾，忍不住大驚失色——蘑菇中的綠色小青蛙不見了。

「不會吧！」

難道是剛才差點跌倒，讓綠色小青蛙掉在某個地方了嗎？

桃子急忙打量四周，但是並沒有找到像是小青蛙的東西。更何況現在雨下得很大，地面都溼透了，就算真的弄丟也不可能找回來。

一股絕望感籠罩著桃子。

因為青蛙離開了蘑菇的家，導致「回家蛙」壞了，所以回家的魔法才會失效。怎麼辦？沒想到竟然會在山上迷路，而且還是帶著香穗一起迷路。

山上的氣溫很低，她可以感覺到身體越來越冰冷。

桃子覺得這是報應，因為自己故意讓乃乃美迷路，還丟下她不管。自己明明比任何人都了解迷路的痛苦，竟然還這麼做。

「嗚、嗚嗚……」

桃子忍不住哭了起來。正在脫下身上溼淋淋衣服的香穗，聽到哭聲後，驚訝的走了過來。

「桃、桃子，你怎麼了？」

「對、對不起，我、我、我迷路了……」

「嗯，我有猜到。」

香穗若無其事的點了點頭。

「雨下得這麼大，會迷路也不奇怪。但是你不用擔心，老師一定會來找我們……我爸爸告訴我，走失的時候最好站在原地不要動，

所以我們就在這裡等。」

「嗯，好，但是……這樣的話……」

香穗笑著對渾身顫抖的桃子說：「別擔心。」

香穗說完，從自己的背包裡拿出很多東西。

「給你，先用這條毛巾擦乾身體，再裹上這條鋁箔毯，身體就會暖和起來。如果還覺得冷，我有準備暖暖包。另外，這種時候最適合吃甜食，我有巧克力，你要不要吃？」

香穗像變魔術一樣，接連拿出了需要的東西，桃子對此大吃一驚。

「你、你怎麼會有這些？」

「我想既然要來山上，就要做好充分的準備。如果什麼事都沒發生當然最好，萬一遇到什麼狀況，這些東西就可以派上用場。」

香穗笑著這麼回答。桃子驚訝得說不出話來，自己之前小看她了，原本以為她傻乎乎的，而且有點奇怪，沒想到她很有主見。

「對了，桃子，你一開始為什麼說自己知道路？是因為有指南針嗎？如果你的指南針不見了，我有帶，要不要借你用？」

「不是，我有……回家蛙吊飾，但是它壞了。」

桃子沮喪的讓香穗看壞掉的吊飾。

「這個吊飾原本會告訴我回去的路……對不起，剛才繞了很多路，因為我沒想到它壞了。」

「香穗，你真善良。」

「我沒問題，但不知道乃乃美和那幾個男生怎麼樣了。」

香穗真的很了不起，在這種時候還能關心別人。相較之下，自己太沒出息了。那家柑仔店應該挑選香穗這種人，把魔法道具給她才對。

桃子低下了頭。

這時，前方的樹木搖晃起來，是乃乃美跑了過來。

「不會吧？乃、乃乃美？」

「乃乃美！」

乃乃美冷得臉色發白，跑了過來。

「你、你們為什麼丟下我！」

看到乃乃美放聲大哭，桃子一句話都說不出來。

她成功教訓了乃乃美，平常總是盛氣凌人嘲笑別人的乃乃美，

現在哭得連鼻涕都流了出來，桃子得到了自己希望的結果。

但是，她完全沒有痛快的感覺。看到乃乃美狼狽的樣子，她覺

得很難過。

早知道就不要這樣做，因為想陷害別人，讓自己也遭到了報應。

發自內心這麼想的桃子，看著泣不成聲的乃乃美說：

「乃乃美，對不起，不是香穗的錯，是我離開了那裡。對不起，

把你一個人留在那裡，讓你感到害怕了。」

「嗚、嗚嗚嗚……」

乃乃美依然哭個不停，香穗溫柔的對她說：

「幸好你找到我們了。乃乃美，你果然很堅強。來，趕快蓋上毯

子，再吃點巧克力，身體就會暖和起來。」

「嗯，好。」

「桃子，你用那條毛巾幫她擦一下頭髮。」

「好。」

桃子拿起毛巾時，內心很慶幸自己和香穗分在同一組。

之後，她們三個人緊緊抱在一起，靜靜的等待救援。

在寒冷中吃的巧克力好像滲進了體內，感覺特別好吃。香穗帶

來的毯子也是，雖然很輕薄但卻十分溫暖。

幸虧有這些物品，讓桃子即使在山上迷了路，也沒有感到害

怕。這或許也和香穗在一旁無憂無慮的哼歌有關，桃子很慶幸自己

在這種狀況下並不害怕。

不過，乃乃美可能是受到被桃子和香穗丟下，差一點就走失的打擊，即使現在停止了哭泣，但她幾乎沒有開口說話，一直很安靜。

眼看太陽就快下山，天色變得越來越暗的時候，乃乃美突然大叫了起來。

「你們看，雨變小了！」

乃乃美說得沒錯，雨勢變小了，雨滴也變小了。

剛才不發一語的乃乃美，突然精神百倍的站了起來。

「雨應該很快就會停，我們要不要去碰碰運氣，看能不能找到

路？」

「有辦法找到路嗎？地上還很溼滑，是不是在這裡等比較好？」

「但是繼續在這裡等待，天馬上就要黑了。」

聽了乃乃美的話，桃子忍不住咬著嘴脣。回家蛙壞掉真是太可惜了，如果有回家蛙，就可以把她們一起帶回集合地點。

就在這時，香穗倒吸了一口氣。

「桃子，你看回家蛙！」

「咦？怎、怎麼了？」

桃子急忙看向自己的背包，然後驚訝得說不出話來。小青蛙回到「回家蛙」的蘑菇裡了，而且牠還露出一臉若無其事的表情，彷

佛在說「我一直都在這裡啊」。

「不會吧……不是壞掉了嗎？啊！」

桃子突然想起來了。

她記得那家柑仔店的阿姨曾經說過，每當下雨的時候，回家蛙就靠不住，因為青蛙在雨天很容易玩性大發。也許她說的是下雨的時候，回家蛙裡的青蛙會溜出去玩。

原本渾身無力的桃子，現在又回過神站了起來。青蛙回來了，回家蛙的神奇能力應該也恢復了，既然這樣，現在該做的只有一件事——

「你們跟我來，我們要下山了。」

這次一定要帶她們下山了。

桃子她們下山的時候，天色幾乎已經全黑。

她們在山麓附近剛好遇到搜救隊的人，搜救隊把她們送去附近的醫院。除了老師以外，家人也在那裡等待，並且緊緊的抱住她們。

她們換上家人帶來的衣服，吃著熱騰騰的晚餐，然後把發生的狀況告訴大人。

她們為了找那三個先上山的男生，偏離了健行步道，結果卻迷

了路。後來下起大雨，她們覺得很冷，三個人就依偎在一起取暖。

等雨停了，她們才總算找到路順利下山。

她們對回家蛙的事隻字不提，因為覺得不說比較好。

那三個男生也平安無事，他們竟然沒有迷路，還比桃子她們更早下山，讓人聽了很生氣。但是因為他們擅自行動，導致桃子她們迷了路，所以也被大人和老師狠狠罵了一頓，這樣就算扯平了。

大人們紛紛這麼說，桃子則一臉嚴肅的點了點頭。

「真是太好了，很慶幸你們三個人都平安無事。」

「我們運氣很好，而且多虧有香穗。」

「啊？沒這回事，只是剛好而已啦，而且最後是桃子找到了路。」

香穗害羞的搖了搖頭。

桃子笑了笑，覺得自己可以和香穗成為好朋友。

日高桃子，九歲的女孩。昭和五十八年的一百元硬幣。

4 控制蛋糕卷

這天早上，「錢天堂」的老闆娘紅子，也轉動了抽獎用的八角形抽獎機。

抽獎機轉了一圈之後，掉出一顆像是彈珠的東西。銀色的鋁製球上刻著「一平成十四年」這幾個字。

「今天的幸運寶物，是平成十四年的一元硬幣。」

紅子愉快的說完，把那顆鋁製球拿到店門口，然後把它塞進像

是鑰匙孔的洞裡。

「這樣就大功告成了，差不多該開店營業了。」

紅子正準備把店裡的布簾掛出去，健太卻叫住了她。健太從剛才就一直看著紅子。

「你很在意這件事嗎？」

「你為什麼用這種方式決定上門的客人？」

「因為……如果身上沒有你決定的硬幣，就無法來到這裡。而且每天的硬幣都不一樣，用這種方式決定硬幣感覺很隨便……我覺得好像很不公平。」

「這樣很好啊，」紅子笑著說，「如果有很多客人上門，反而會造成困擾，每天有一、兩個客人就夠了。而且，雖然你認為這種方式很不公平，但是這樣每個人都有機會來這家店，只不過運氣變化無常罷了。即使今天或明天運氣不好，但也許在某一天，幸運會突然從天而降。呵呵，這真是太有趣了。」

紅子呵呵笑了起來，但健太並沒有笑，反而小聲的說：「我不這麼覺得。」

「咦？你是不是說了什麼？」

「雖然你說『每個人都有機會』，但我不這麼覺得。因為運氣不

138

好就遭到排斥，我覺得太過分了。這個世界上明明有人發自內心的

祈禱，希望可以來『錢天堂』。」

「哎呀，聽你的口氣，好像知道有誰想來這裡。」

「沒有，不是這樣。」

健太立刻開口掩飾，然後把頭轉到一旁，帶有怨氣似的癟著嘴。

靜子用力吞著口水。她走進超市逛了一下，就看到了新商品

「春天的戀愛滋味．櫻花巧克力威化餅」。

不行、不行、不行，之前已經下定決心再也不買零食了。一旦

買回家，就會忍不住馬上吃掉。

但是……新商品看起來太好吃了。靜子很喜歡吃威化餅，也很好奇櫻花味的巧克力到底是什麼味道。哎呀，好討厭，新商品竟然是限定商品，所以不知道什麼時候就會從貨架上消失……要不要先買了再說？等自己瘦下五公斤的時候，可以用來犒賞自己。

當她回過神時，發現自己已經拿了一盒新商品放進購物車。

「啊啊……」靜子忍不住嘆氣。

每次都這樣，靜子一看到甜食就完全無法抗拒，會情不自禁的買回家。買了當然不可能不吃，「櫻花巧克力威化餅」應該也會在今

天進入靜子的肚子，所以她的體重總是有增無減。

「喔喔！好厲害，又多了一個米其林輪胎！」

丈夫一彥會抓著她肚子上的肥肉這麼說，讀中學一年級的女兒梢衣也會一臉認真的說：「我絕對不要變成媽媽這樣。」

靜子很不甘心，她很想成功瘦身，讓他們父女倆對自己刮目相看，至少希望自己可以少吃一點零食。

「我以後再也不買零食了！我不會再吃甜食了！」靜子不知道宣布了多少次，但每次都以失敗告終。

為什麼自己沒辦法忍耐呢？如果可以控制食慾，不知道該有多

好。

靜子深深的嘆了一口氣，但還是買了「櫻花巧克力威化餅」，然後踏上回家的路。只不過不知道為什麼，走著走著，她居然偏離了平時回家的路，走進一條陌生的小巷。

「糟糕，傷腦筋，我走錯路了。」

靜子正準備要尋找出口，卻看到眼前有一家柑仔店。柑仔店掛著一塊看起來很舊卻很氣派的招牌，上面寫著「錢天堂」三個字。

「哇，這裡竟然有柑仔店，太令人懷念了。」

她想起小時候經常興奮的跑去柑仔店。

回想起當時的心情，靜子不由得加快腳步走向那家店。抵達柑仔店後她大吃一驚，因為店面陳列的所有零食和玩具，都充滿了強烈的個性和魅力。

這裡有「完美肉桂」和「想要地瓜乾」，那裡有「萬人迷麻糬」和「美食王魷魚乾」，旁邊還有寫著「心動餅乾」的盒子疊在一起，上面掛著看起來像中年女人的面具，裝在瓶子裡的「貓眼糖」和「寶石硬糖」都在閃閃發亮。

「現在的零食太誘人了。」

靜子很想看看還有什麼零食，情不自禁的走進了店裡。

一個年紀看起來像小學二年級左右的男生，穿著藍色和服短外衣，坐在店內後方的櫃臺，似乎在想什麼事情。他一看到靜子，立刻站起來鞠躬行禮。

「歡迎光臨！歡迎來到『錢天堂』。」

「哎喲，小弟弟，你太厲害了，幫忙家裡做生意嗎？」

「嗯，算是吧。」

「但是今天不是非假日嗎？不用上學嗎？」

「今、今天是紀念日。」

「這樣啊？」

「請問你有什麼心願嗎？任何心願都可以！『錢天堂』可以實現客人所有的心願，這裡一定有你需要的零食！」

「哎呀，你真可愛。」靜子笑了起來。這個男孩的口氣真大，居然說可以實現客人所有的心願。

「嗯，這裡的每一樣零食都很棒，但我不想再敗給自己的食慾了。」

「既然這樣，要不要可以控制食慾的零食？」

這時，突然響起一個女人嫵媚的聲音。

靜子回頭一看，自己身後不知道什麼時候站了一個高大的女

人，靜子必須仰頭才能看到她，而且她的身材很豐腴，但並不能說是胖，而是覺得她的體格很福態。

女人身上穿了一件古錢幣圖案的紫紅色和服，一頭雪白的頭髮挽在頭頂，上面插著五顏六色的髮簪，看起來很漂亮。

靜子被她的氣勢震懾，勉強擠出了笑容。

「別開玩笑了，怎麼可能會有這種零食？」

「當然有啊，『錢天堂』有賣這種零食。」

女人慢條斯理的點了點頭，對那個男孩說：

「健太，你把櫃臺後方架子上，第三格右側角落的黃色盒子拿下

「來。」

「好，沒問題！呃，是這個嗎？」

「對，你給這位客人看一下。」

「好，您請看！」

靜子仔細打量著男孩遞給她的盒子。

扁平的盒子差不多是靜子兩隻手的大小，黃色的包裝紙上畫了一個軍人敬禮的圖，然後用鮮豔的綠色文字寫著「控制蛋糕卷」。

「控、控制蛋糕卷？」

「對，就是『控制蛋糕卷』，這個商品不是完全符合你的需求

嗎？」

豈止是完全符合自己的需求，靜子興奮得像牛一樣喘著粗氣。

即使花光身上所有的錢，自己也要買下這個蛋糕卷，無論如何都非買不可。

「我要買！請問多少錢？」

「一元。」

「一、一元？好便宜！」

「但是必須用平成十四年的一元硬幣支付，其他的一元都不行。」

「好、好，我現在來找，等我一下。」

靜子急忙在錢包裡找了起來。

找到了。唯一的一個一元硬幣，剛好是平成十四年的。

「我有！你看，這個應該沒錯吧？」

「對，這的確是今天的寶物，那『控制蛋糕卷』是你的了。健

太，請把商品交給客人。」

「好，請收下。」

「謝謝。」

靜子激動的接過「控制蛋糕卷」，這是她第一次這麼激動的買

零食，甚至比買到一天限量五十個的草莓大福還要興奮好幾倍。

總之，她一心只想著「控制蛋糕卷」，完全無法顧及其他的事。但是，當她搖搖晃晃的走出柑仔店時，店裡的男孩追了出來，拉住她的手。

「阿姨，不好意思！」

「咦？哎喲，不好意思，我心不在焉的。怎麼了嗎？」

「請你仔細看說明書，絕對要看清楚，然後按照說明書上的指示食用，因為這種蛋糕卷可能會有副作用。」

「副作用？」

「這裡的零食都這樣，我在店裡幫忙了一段時間，所以很清楚這一點。如果不按照說明書上的指示食用，可能會造成嚴重的後果。

總之，請你仔細看清楚，小心食用！」

男孩說完便走回店裡。

「蛋糕卷的副作用？會有什麼副作用？他年紀這麼小，竟然知道副作用這種詞彙。」

靜子雖然覺得有點可怕，但還是離開了柑仔店。她走出小巷，回到了家裡。

她先把買回來的食物放進冰箱和櫃子，然後拿出「控制蛋糕

卷」。雖然她很想馬上就打開盒子，但有點擔心男孩說的副作用，所以決定先看說明書。

盒子的背面寫了以下的內容：

想要遵守健康飲食生活的人，「控制蛋糕卷」是最適合的武器。要打擊的目標就是自己的食慾，正確使用，打敗敵人！祝你成功！

「說明書的內容寫得好像軍人精神喊話，但這不像是說明文，更像是廣告？」

靜子又仔細檢查了一下，想了解是不是還有其他地方寫了其他

的內容。果然找到了。她拆開包裝紙時，發現紙張背面用很小的字

寫了注意事項，好像是故意不想被人看到似的。

「找到了！我看看喔，這是寫什麼？注意事項──『控制蛋糕卷』只能控制自己的食慾，如果想支配別人的食慾，可能會造成嚴重後果，敬請小心。哇，太可怕了！這就是副作用嗎？」

靜子決定要記住這句話，絕對不能忘記。

她終於打開了「控制蛋糕卷」的盒子。

盒子裡有一條蛋糕卷，黃色的蛋糕看起來使用了很多雞蛋，包著發亮的白色鮮奶油。一看到蛋糕卷，她的口水就忍不住流了下來。

「啊，忍不住了。雖然買菜之前已經吃了點心，但這個蛋糕卷不一樣，那是為我量身訂做的零食，有另一個胃可以裝。」

靜子為自己找了很多理由，把叉子叉進控制蛋糕卷。

她張開嘴巴吃了一口。

「哇！太好吃了！」

靜子吃過各種蛋糕卷，但從來沒有像今天的這麼好吃。蛋糕的口感很滋潤，有滿滿的奶油香氣。鮮奶油又甜又濃郁，但絲毫不膩口，和蛋糕的搭配相得益彰。

這樣的蛋糕卷吃再多都不會膩。還想再吃五塊，太好吃了！

靜子把蛋糕卷吃得一乾二淨，沉浸在幸福之中。

但是，她隨即又像平時一樣感到後悔。明明已經決定不再吃甜食了，但自己太貪吃，又被食慾打敗了。

「我的意志太薄弱了。」

帶著自我厭惡的情緒，靜子走去廚房洗叉子。

那天晚餐，靜子吃得比平時少，因為下午吃了點心，至少要少吃一點晚餐平衡一下，這樣應該就不會繼續發胖。

沒想到吃完晚餐後，丈夫一彥竟然說了意想不到的話。

「今天我帶了禮物回來，是客戶送我的。」

156

說完，他拿了一個禮盒，裡面是很高級、看起來很好吃的巧克力。

女兒梢衣雙眼發亮的說：

「哇，真好，這是超有名的樂天蘭巧克力！太棒了，我一直想吃吃看！」

「那真是太好了。靜子，來，你也一起吃，你不是最喜歡吃巧克力嗎？」

「啊啊啊……」靜子在心裡發出慘叫，「我最愛巧克力了，超級愛！就是這樣才很傷腦筋啊，為什麼偏偏是今天帶這麼好吃的巧克

力回家？這是難得有機會吃到的高級巧克力，吃一顆應該沒關係吧？

靜子無法抵擋誘惑，準備伸手拿巧克力吃。一彥和梢衣見狀，忍不住笑了起來。靜子覺得他們的笑容簡直就像惡魔。

「他們又在笑我了。不行，我不能吃！」靜子心想。

就在這時，神奇的事發生了。靜子心中「想吃」的想法消失不見了。

「咦？」

靜子大吃一驚，注視著巧克力。

這些巧克力裝飾得很可愛，每一顆都是夢幻逸品，對喜歡甜食的人來說，簡直就像寶石一樣充滿吸引力。

但是自己為什麼不想吃呢？簡直就像看到路旁的小石頭一樣，完全沒有任何感覺，也完全不想吃。

靜子感到很掃興，收回了原本想要拿巧克力的手。

「我不吃了。」

「又來了，你不需要勉強克制。」

「不，今天真的不吃了，我已經決定暫時不吃甜食了。」

「又來了，媽媽的戒甜食宣言！這是第幾次了？」

「至少有一百次了，不知道這次的決心可以持續多久。」

丈夫和女兒都笑了起來，但靜子挺起胸膛說：

「這次絕對沒有問題。」

但是靜子內心也覺得很驚訝。

「我竟然可以抵擋巧克力的誘惑，簡直難以置信！這絕對不是我的意志力發揮了作用，應該是剛才吃的『控制蛋糕卷』發威了。這是唯一的解釋。」

靜子還想繼續測試，於是拿出了下午買的「春天的戀愛滋味·櫻花巧克力威化餅」。

「看起來好好吃，光是『櫻花巧克力』這幾個字就足以讓人心動。」

剛才放棄了高級巧克力，乾脆改吃這個？」

她的內心像往常一樣呢喃著，但在身體採取行動之前，靜子告訴自己——不可以吃。

當她閃過這個念頭時，立刻發生了和剛才相同的狀況。她想要吃威化餅的想法完全消失了，甚至覺得怎麼可以吃這種東西。她急忙把威化餅放進零食櫃裡。

這下子靜子終於知道，自己具備了可以抵擋零食誘惑的能力，這絕對是吃了「控制蛋糕卷」的功勞。

這真是太棒了。靜子高興得幾乎快跳了起來。

「好，我要好好運用這個能力，讓自己瘦下來！」

那天之後，靜子果然不再吃甜食。出門買菜時也很安全，即使看到好吃的零食和蛋糕，只要在心裡默唸「不可以吃」，食慾馬上就消失了。

靜子一天一天的瘦了下來，當她又可以穿下十年前的裙子時，丈夫一彥簡直目瞪口呆。

不過，接下來發生了意想不到的事。女兒梢衣看到靜子一天比一天苗條，似乎受到了刺激，揚言「我不想輸給媽媽」，也開始減

162

肥。而且她的減肥方式竟然是不吃飯，靜子忍不住為她擔心。

「你還在發育，不合理的減肥方式會影響身體健康。」

靜子說了好幾次，但梢衣完全不理會。

梢衣的氣色越來越差，因為她只攝取少許的蔬菜和水，氣色當然會變差。即使靜子做了她喜歡的菜，她也心浮氣躁的說：

「你不要用這種方式搞破壞，不要管我啦！」

靜子越來越擔心。

「那孩子完全搞不清楚狀況，用這種方式減肥絕對會出問題，萬一變成厭食症怎麼辦？早知道會這樣，是不是該讓她吃『控制蛋糕

這時靜子靈機一動，想到或許可以善用「控制蛋糕卷」的力量。

「對嘛，控制食慾應該不光是減少食慾而已，搞不好也有助於促進食慾。」

這時，她想起了控制蛋糕卷的注意事項，上頭寫著「如果想要支配別人的食慾，可能會造成嚴重後果」。

「怎麼辦？」靜子陷入了煩惱。她想起柑仔店裡那個男孩的臉，當男孩告訴她有關副作用的問題時，臉上的表情很嚴肅，那就表示副作用真的很嚴重。

卷」呢？

光是想像會有什麼嚴重後果，靜子就感到很害怕。

到底會有什麼後果？只要能讓梢衣恢復原來的樣子，她都願意試一試。但是如果沒有任何效果，只會造成副作用怎麼辦？那就真的是偷雞不著蝕把米了。唉，真不知道該怎麼辦才好。

靜子舉棋不定，開始動手準備做晚餐。

這天，她準備了許多梢衣愛吃的炸雞塊，在把菜餚端上桌後，她才叫大家「吃飯了！」

梢衣悶不吭聲，一臉不悅的坐在餐桌旁。她的皮膚蒼白又乾燥，看起來像是身體出了問題。

靜子擔心的看著梢衣，但梢衣卻瞪著她說：

「我不是說過好幾次，我不要吃飯，只要蔬菜棒就好了嗎？」

「你不要再胡鬧了，再這樣下去會生病的。」

「你很煩耶，我正在努力減肥，你不要妨礙我。」

「這樣下去不行，不管再怎麼勸她，她都無法接受。」靜子想。

靜子終於下定了決心。

雖然不知道會有什麼後果，但她決定試試看，至少比袖手旁觀

好多了。

靜子看著梢衣，在內心祈禱。

「控制蛋糕卷，拜託請救救我的女兒，請救救梢衣。希望她能夠健康的好好吃三餐，恢復正常的食慾！」

靜子注視著梢衣，持續祈禱著。

這時，她發現梢衣原本固執的眼神突然柔和下來，她用力眨了幾次眼睛，然後看著桌上的炸雞塊。

「我還是吃幾口好了。」

太好了。靜子忍不住在內心歡呼起來。

「是啊、是啊，要不要吃飯？也吃一點吧？」

「嗯……」

靜子看到梢衣大快朵頤的樣子，暗自鬆了一口氣。

看起來好像沒有發生什麼副作用。啊，太好了，這麼做果然是對的。

靜子一放心，就覺得肚子餓了起來。她拿起自己的筷子，說完「我開動了」，就開始吃起晚餐。

兩個星期後的某一天，梢衣的臉蛋恢復了圓潤，她一臉嚴肅的看著靜子說：

「媽媽，你最近是不是胖了很多？」

「咦？有嗎？」

靜子大吃一驚。

「對啊，你的手上都是肉，臉也變得圓滾滾了。你之前不是才成功瘦下來嗎？但是最近吃飯都吃好幾碗，你怎麼了？就算是復胖，也未免胖得太離譜了。」

「這也是無可奈何的事，這是媽媽的選擇。」

「什麼意思？」

「我告訴你一件事，你可以不要生氣，聽我說嗎？」

靜子把獲得控制蛋糕卷的事告訴梢衣。自己靠控制蛋糕卷的力

量成功戒掉甜食，後來因為擔心梢衣，在她身上使用控制食慾的力量，結果就變成看到什麼食物都覺得異常好吃，完全無法克制，每次都越吃越多。

沒錯，的確發生了嚴重的副作用。靜子現在非但無法控制自己的食慾，而且食慾更是完全失控。

即使這樣，靜子也不後悔，因為女兒梢衣恢復了健康，她感到很滿意。

但是梢衣卻無法接受。聽完媽媽的話之後，她生氣的瞪大了眼睛。

「原來是這樣。好過分！媽媽竟然用這種輕鬆的方法瘦下來，而

且還阻止我減肥！真是難以置信，太可惡了！」

「對不起……」

梢衣生氣了一下，最後露出嚴肅的表情說：

「我之前就覺得很奇怪，你竟然可以不吃甜食，這絕對有問題。

既然有這麼神奇的柑仔店，我也想去看看。」

「對、對啊，我也要再去買『控制蛋糕卷』。」

「那我們明天就去買，你帶我去。」

「這……其實我不太記得那家柑仔店在哪裡。」

「真的嗎？不過沒關係，我們一起找，一定可以找到。」

隔天開始，靜子和梢衣一起騎著腳踏車在所有小巷內尋找柑仔店。

雖然她們每天都持續的找，但始終沒有找到「錢天堂」。

不過，她們這麼做也發生了好事。

因為她們母女每天都騎腳踏車，鍛鍊了肌肉，兩人都健康的瘦了下來。

大泉靜子，四十三歲的女人。平成十四年的一元硬幣。

5 探險茶

健太來到「錢天堂」已經一個半月了。

但是他至今仍然不想要店裡的任何東西，每天從早到晚都笑容滿面的面對紅子，要求「請讓我幫忙」，最近還要求好幾次「下次請讓我顧店」。

他每天看到那麼多富有吸引力的零食，竟然完全不動心，想必他的內心深處有個強烈的願望，而且這個強烈的願望戰勝了一切事

物。

不過其實健太曾經對一種零食產生了強烈的興趣，那就是「珠寶果凍」。

珠寶果凍是一款在圓形的瓶子中裝了五彩繽紛果凍的商品，看起來就像是寶石一樣。只要吃了這種果凍，就可以提升藝術品味，尤其可以在珠寶設計方面發揮專長。

健太在打掃貨架時看到了珠寶果凍，他把商品拿在手上打量了很久。他的臉色蒼白，嘴唇也在發抖。

正在監視他的墨丸見狀也大吃一驚。雖然健太的感覺不像是

「我想要這個！」但他到底怎麼了？為什麼會有這麼大的反應？

健太慢吞吞的想把瓶子放回貨架，沒想到放到一半時，瓶子從他手中滑落，掉在地上打破了。紅色、綠色、藍色、紫色和銀色的果凍，像寶石一樣和玻璃碎片一起散落在地上。

紅子聽到聲音後跑了過來，健太告訴紅子自己不小心打破了商品，頻頻向她道歉，但紅子只對他說：「誰都會有不小心的時候，下次小心點。」並沒有責罵他。

但是墨丸知道，健太是故意打破珠寶果凍的。

經過這件事之後，墨丸比之前更加提高警覺。

健太到底想做什麼？從他故意打破珠寶果凍來看，是來破壞

「錢天堂」的嗎？他一再要求讓自己顧店，難道是打算利用這個機

會，把店裡的商品帶走嗎？而且他之前好像還對準備離開的客人說

了什麼建議。

墨丸始終無法了解健太的目的，忍不住有點心煩。

這天早晨，紅子對總是精神飽滿的健太說：「今天柑仔店休息

一天，因為今天是盤點庫存商品的日子，同時也要盤點一下倉庫。」

「好，我來幫忙！」

「那店裡就麻煩你了。」

紅子交給健太一份很長的清單，還有一個大紙箱，清單上寫了各種零食的名稱。

「『嘮叨莓』、『吵鬧枇杷』，還有『深夜最中餅』？」

「這些都是過期的零食，你去店裡把這些商品拿下來，然後放在這個紙箱裡，整理完再搬去地下室的焚化爐旁。」

「我知道了。」

健太立刻走到店裡，開始對照清單尋找零食。錢天堂內到處都是零食和玩具，他陷入了苦戰，得不時把頭探進箱子和箱子的縫隙，或是仔細檢查貨架底部。

墨丸一直盯著健太。雖然他看起來不像會偷商品，但還是小心一點比較好。

健太花了超過兩小時的時間，終於找到所有過期零食。

他抱著裝滿過期零食的紙箱走去地下室。

「我記得焚化爐在工房旁邊……啊，是不是這個？」

跟在健太身後的墨丸，看到他伸手去抓一道鐵門的把手，忍不住驚慌失措。

「不是那裡！」

墨丸跑過去時，健太正費力的打開沉重的鐵門。

「呃，嗚嗯嗯嗯！」

健太把門打開了三十公分左右，一股冷氣從裡頭竄了出來。

「嗚哇！這、這是怎麼回事？」

健太大叫出聲。墨丸很想罵他，但是迎面吹來的冷氣，讓牠急忙躲了起來。

這不能怪墨丸，因為健太打開了冷凍庫的門。

冷凍庫的空間很大，地上和牆上都結了雪白的霜，天花板上還懸著冰柱。這裡保存了大量的水果，有蘋果、桃子、葡萄、香蕉和鳳梨，還有寫著「滑溜溜水果冰」、「鬧鬼冰淇淋」等冰品的箱子也

放在貨架上。

除此之外，冷凍庫裡還冰了一樣重要的東西——必須趕快把冰箱門關上，如果不趕快關上，「那樣東西」就會融化！

健太茫然的看著冷凍庫，墨丸深吸一口氣，打算衝過去。

就在這時——

「健太！」

突如其來的叫聲，讓健太嚇得跳了起來，墨丸也一樣嚇到了。

回頭一看，原來是紅子站在那裡。她的手上也抱著大箱子，看著健太的眼神感覺有點嚴厲。

「那裡是冷凍庫，趕快把門關起來。一直開著門，裡面的冰會融化。」

健太急忙把門關上。

「啊，對、對不起。」

「對不起，我、我以為這裡是焚化爐。」

「焚化爐在這裡，你來得剛好，和我一起去吧。」

「好。」

健太拿起自己的紙箱跑向紅子。

墨丸鬆了一口氣。真是千鈞一髮，幸好主人及時趕到。

冷凍庫的門只不過稍微開了一下，墨丸的鬍子就結了冰，渾身沾黏著冰碎屑又冷又重，感覺很不舒服。

墨丸忍不住開始替自己理毛，而且紅子現在和健太在一起，應該不會有什麼問題，墨丸是這麼想的。

冷凍庫的門，會讓紅子不高興。

健太提心吊膽的在紅子身旁走著，他很擔心剛才自己擅自打開

但是紅子沒有說什麼，健太稍微鬆了一口氣，戰戰兢兢的問：

「那個冷凍庫好大，裡面有很多水果。」

「對，那些水果要做成果醬和果汁，所以先放在冷凍庫保存，在

需要的時候就可以取用需要的分量。」

「裡面也有很多冰品。紅子老闆娘……」

「什麼事？」

「我覺得裡面好像有一個女生，穿著黑色和服，剪著妹妹頭，渾

身都結了冰……不，沒事。」

健太說到一半便沒有再說下去。

「不不不，不可能有這種事。即使真的有，應該也是女生形狀的

零食吧。這家店很神奇，即使有像女生形狀的特大號冰淇淋或巧克

力也不足為奇。」紅子想像得到健太正在內心這麼告訴自己。

「健太，你沒有看錯，那不是冰淇淋或是巧克力。」紅子在心裡

這麼嘀咕著，繼續走向焚化爐。

幾個紙箱，都是紅子剛才搬來的，而且每個紙箱內都裝滿了零食。

他們來到巨大的焚化爐前，焚化爐的門打開了，裡面已經有好

健太見狀，皺起了眉頭。

「把這麼多零食燒掉太浪費了。」

「別擔心，這是特製的焚化爐，在這裡銷毀的東西會變成富有養

分的灰燼，把它們撒在農田和果園裡，農作物會長得很好，再度成

為我們製作零食的原料，我們這裡是不會浪費任何東西的。啊，你把紙箱也放進來。」

「好。」

健太聽從紅子的指示，把紙箱放進焚化爐。這時，他不經意的看向旁邊的紙箱，看到裡面的東西時，突然大叫起來。

「紅子老闆娘，這個寶特瓶裝的茶也要銷毀嗎？賞味期限還有一年啊。」

「沒關係，這個也要銷毀，把它放在那裡就好。」

紅子說完，便按著焚化爐的按鈕，設定時間和溫度。

但是當紅子背對健太時，健太立刻採取了行動。他俐落的伸出手，把紙箱內的寶特瓶放進自己懷裡。

紅子完全沒有察覺到異狀，設定完焚化爐後，便關上了焚化爐的門。

「這樣就完成了。健太，你辛苦了，接下來的事就交給我，你今天可以好好放鬆一下。」

「咦？沒有其他事需要幫忙嗎？」

「目前暫時沒有。今天的天氣很不錯，你要不要出去散步？」

「我⋯⋯不想出門。」

「你該不會是擔心無法回到這裡吧？」

紅子笑著對他說：

「你不必擔心，幸運的寶物還在你身上，就是昭和四十三年的五元硬幣，你應該還記得吧？」

健太倒吸了一口氣，摸了摸短外套的口袋。紅子對他點點頭說：

「這是把你帶來『錢天堂』的寶物，只要這個五元硬幣還在你身上，你就可以回來錢天堂。所以你放心出門吧，今天的天氣很好，你要不要去附近的公園散步？」

雖然健太看起來沒有什麼興趣，但他可能是不想違抗紅子，所以順從的點了點頭。

「好……」

健太離去後，紅子仍然留在原地處理雜事。

「喵。」墨丸走過來時叫了一聲。

「咦？墨丸，你還在這裡嗎？我以為你和健太一起出門了。」

「喵嗚？」

「對，健太出門散步了。你不是一直跟著他嗎？」

「喵、喵嗚。」

「哎喲，你剛才身上都是冰碎屑，所以在理毛嗎？這樣啊……你

也一直很辛苦，在健太回來之前就先放鬆一下吧。沒關係，只是稍

微沒有盯著他，不會出什麼事的。」

紅子突然露出嚴肅的表情說：

「不過，我完全忘了澱澱在冷凍庫這件事。把她放在地下工房，

冰融化時招財貓會害怕，所以我就把她搬去冷凍庫了……幸好健太

只是瞥了一眼，應該不會有問題，就讓澱澱繼續留在那裡吧。」

紅子說完，又對墨丸說：

「我們去吃點心。」

健太難得走出錢天堂。

其實他到現在仍然很緊張，覺得藏在懷裡的那個寶特瓶格外沉重。

「明明還沒過期卻要銷毀，未免太浪費了。與其這樣，那還不如給我，反正原本就是要銷毀的東西，應該沒問題。」

健太剛才就是這麼想，所以才趁紅子不注意時，把寶特瓶藏進自己懷裡。

如果紅子發現自己做的事，追出來找他怎麼辦？而且紅子嘴上

說沒問題，但自己真的回得去「錢天堂」嗎？更何況自己還偷了那瓶茶……

健太擔心的頻頻回頭張望，然後緊緊握著自己的幸運寶物——昭和四十三年的五元硬幣。

他走出小巷，明亮的陽光照了過來。當陽光照在身上時，健太立刻放鬆了下來，覺得應該沒問題。

他環顧四周，發現紅子說得沒錯，馬路對面就有一個公園。

健太走到公園坐在長椅上，然後拿出寶特瓶打量起來。

寶特瓶上用紅色的大字寫著「探險茶」，上面畫滿了叢林、金

幣、寶石、船和翅膀，而且還可以隱約看到瓶中的液體，飲料的顏色不像是茶，更像是咖啡。

「這瓶茶到底有什麼問題？」

健太仔細打量那瓶茶，卻仍然搞不懂為什麼要銷毀它。商品的賞味期限還很長，寶特瓶也沒有任何破損。

健太繼續打量寶特瓶，想了解它到底有什麼效果。

「我來看看——

『探險茶』最適合想要挑戰驚心動魄探險的人，只要喝了『探險茶』，就可以立刻進入充滿夢想的奇幻世界，但是探險完全不驚悚，所以請不要對這部分抱持任何期待——

說明書不可

能就這樣結束，注意事項寫在哪裡？咦？啊，在這裡！但是要回到

現實世界時，也必須喝『探險茶』，所以一開始只能喝半瓶，另外半

瓶要留在奇幻世界裡喝，千萬不能一下子就喝光……喔，所以是驚

心動魄的探險嗎？」

健太原本想自己喝喝看，但最後決定作罷。雖然他對奇幻世界

很有興趣，但喝了之後可能會無法回到「錢天堂」，絕對要避免發生

這件事。

要怎麼處理這瓶茶呢？把它藏在某個地方嗎？

正當他在思考該怎麼做時，突然聽到有人問他：

「這瓶果汁是在哪裡買的？」

健太抬頭一看，有個六歲左右的男孩站在他面前，一看就知道他很調皮。男孩用好奇的眼神注視著探險茶。

「你叫什麼名字？」

「我叫遼平，就讀田端幼兒園的小鳥班。你這瓶果汁是在哪裡買的？我也想買！」

「這不是果汁，是茶……」

回答到這裡，健太突然想到一個好主意。

「你該不會喜歡探險吧？」

「很喜歡啊，我超想去探險的！」

健太把探險茶遞到雙眼發亮的遼平面前。

「那這瓶茶給你。這瓶茶有魔力，可以讓你去探險。」

「真的嗎？」

遼平臉上的表情亮了起來。

「好無聊喔。」遼平愁眉苦臉的喃喃自語。

遼平今年六歲，最近很熱衷玩探險家的遊戲。他會假裝是探險家，跑去樹林或岔路四處探險。

今天遼平也獨自來到公園探險，他的背包裡裝了食物和水壺，還準備了手電筒和繩子以防發生意外。但令人傷腦筋的是，公園裡完全沒有發生任何跟探險有關的事，因為公園內很安靜優閒，簡直太平凡了。

「真無聊。」遼平踢了踢腳下的雜草。

繪本故事中經常出現寶物、龍或是妖怪，為什麼現實世界裡沒有這些東西呢？如果真的有這些東西，應該會超級有趣的。自己可以坐上海盜船，也可以幫忙神明做事，或是去參加狐狸的廟會。

「真是無聊死了。」

遠平又嘀咕了一句，然後準備回家。

就在這時，他看到一個男孩坐在長椅上。那個男孩比遠平稍微年長一點，穿了一件有點奇怪的藍色衣服，一直看著手上那一小瓶寶特瓶飲料。

遠平倒吸了一口氣，他的雙眼緊盯著男孩手上的寶特瓶。

遠平一看就知道，那瓶飲料很棒，他很想要，不知道是在哪裡買的？

遠平鼓起勇氣問了男孩，男孩卻問他一個很奇怪的問題。

「你該不會喜歡探險吧？」

他怎麼會知道？遼平很驚訝，但立刻回答：

「很喜歡啊，我超想去探險的！」

「那這瓶茶給你。這瓶茶有魔力，可以讓你去探險。」

「真的嗎？」

「真的。只要喝了這個，就可以進入魔法的世界，但是一開始只能喝半瓶，因為另外半瓶要留到想回這個世界時才喝。如果你能遵守規定，這瓶茶就送你。」

遼平很想要這瓶魔法茶，所以他大聲的回答：

「我會遵守規定只喝半瓶，另外半瓶等要回來的時候再喝！你把

它送我吧！」

「好。」

遼平接過寶特瓶，一打開蓋子就立刻喝了起來。

飲料的確有茶的味道，喝起來很香，但也有點苦。只不過遼平

無法停止不喝，他越喝越起勁。

當他咕嚕咕嚕喝不停時，男孩突然制止了他。

「停！不可以再喝了！」

「啊，對不起。」

遼平急忙停止繼續喝，然後蓋上瓶蓋。真危險，差點全都喝完

了。

「這是……什麼茶？不是麥茶吧？」

「這是名叫『探險茶』的茶。」

「什麼啊，名字好奇怪。」

遠平笑了出來。

「原來叫探險茶啊，真是個好名字，讓人一聽就喜歡。」

正當遠平想問男孩探險茶是在哪裡買的，結果卻聽到像是野獸

發出的吼叫聲。

「吼～」

「咦？」

「怎麼回事？」

遠平和男孩互看一眼，然後同時往腳邊看。

遠平的影子冒出黑煙，黑煙很快就變成好幾隻黑色的手，同時抓住了遠平和那個男孩。

「啊！」

遠平在發出慘叫的同時，和男孩一起被拉進影子之中。

當遠平回過神時，發現自己在沙漠中，那個比他年長一點的男孩不見了，眼前只有一座黑色金字塔。

「不會吧，這裡是哪裡啊？喂、喂！」

即使他大聲叫喊也沒有人回答。這裡真的是魔法的世界嗎？感覺不像想像中的那麼好玩。

「還是回去吧。」遠平看著手上的寶特瓶，瓶子裡還有半瓶茶，只要喝下這半瓶茶，應該就可以回到原來的世界。

這時，一陣強風吹來，吹起的沙子打在遠平的身上。

「好痛！好痛、好痛！」

遠平痛得快哭出來了，他急忙跑向金字塔，想去一個不會吹到風的地方，這裡風這麼大，根本沒辦法喝茶。

當他走近金字塔時，發現金字塔上有一道縫隙，剛好可以讓遼平這樣身形嬌小的孩子擠進去，於是遼平毫不猶豫的鑽了進去，來到金字塔內。

金字塔內光線明亮，有一條很長的走廊。正當遼平打算再稍微探險一下時，牆壁像水波一樣抖動起來，然後出現了一個很大的妖怪。妖怪看起來像是長了黑色和金色鬃毛的獅子，但臉卻是一個漂亮的女人，有一條像眼鏡蛇一樣的尾巴。

妖怪瞪著遼平，然後用可怕的聲音大叫：

「盜墓者！所有想偷竊法老王財寶的人，都會死在我斯芬克斯的

「手上！」

「啊！不、不是啦，我才不是盜墓者！」

但是斯芬克斯持續逼近，遠平只能死命的逃，他邊逃邊發自內心的想：「我為什麼會遇到這種事！」

「這才不是探險。我想要的探險是和龍、精靈還有神明當朋友，在天空中飛翔或是去尋寶。被妖怪追著跑，根本只有驚悚而已。」

遠平想要回到現實世界、想要回家，但是剛才他被斯芬克斯嚇到時，把探險茶的瓶子弄丟了。

「救命啊！」

定了。

遼平哭著大喊，卻沒有人來救他。

背後可以感覺到斯芬克斯的呼吸，遼平閉上眼睛，覺得自己死

市九遼平，六歲的男孩，喝了原本要被銷毀的「探險茶」。

6 時光倒轉米香酥

「接下來為您播報新聞。

六歲的孩童市丸遠平在今天下午失蹤。有人在離其住家數百公尺的月見公園看見他最後出現的身影,根據目擊者指出,當時除了遠平以外,還有另一個身穿和服短外衣的男孩,他們兩個人都是突然消失。雖然有人說好像有股黑煙包圍了他們,但目前並未獲得證實。

目前警方正在全力搜索這兩名男孩，如果民眾有任何消息，請撥打以下這支電話……」

錢天堂的老闆娘紅子關上電視，她的臉上難得露出了愁容。

「黑煙……穿著和服短外衣的男孩……健太到現在還沒回來，這起事件一定是本店的零食造成的，我猜健太應該是偷偷把『探險茶』帶了出去。」

紅子嘆了一口氣，覺得這也是無可奈何的事。

黑貓墨丸在一旁垂頭喪氣。

「哎呀，墨丸，這不是你的錯，是我的疏失。如果我有好好告訴

他那瓶茶被滶滶帶來的惡意精華汙染，就不會發生這種事了……那瓶茶一定也變成了『黑暗探險茶』，我必須趕快採取行動。」

紅子站了起來。

這時，健太被關在一個小型牢籠內。

他和那個小男孩一起被拉進影子裡，當他回過神時，發現自己獨自站在一座巨大蘑菇森林中，那些蘑菇就像是高樓般聳立著。接著，他突然被一群黑色的大蝴蝶攻擊，就這樣被帶到地下室，最後被關進這個牢籠裡。

操控那群黑蝴蝶的巫婆對他說，等一下他就要被丟進正在熬煮的毒菇湯裡，獻給大巫婆享用。奇怪的是，這個巫婆長得和自己的媽媽一模一樣。

就連說話方式也很像。

「真是對不起，但是只要把你獻給大巫婆，大巫婆就會賜給我神力，這麼一來，我就可以得到幸福了，所以你就認命吧。」

「對不起，我無論如何都要找到那家柑仔店，如果不找到那家柑仔店，我就無法得到幸福。我必須要重新選擇才行。健太，只要我能夠重新選擇就會來接你。你要聽話，和外婆一起等我回來。」

健太想起媽媽的話，忍不住緊咬著嘴巴。

健太記得當時媽媽整天都只會說三件事——

以前她曾經和朋友一起去了一家神奇柑仔店。

媽媽買了自己想要的零食。

她的朋友無法買任何零食。

「我當初應該買她想要的零食才對，因為她真的很想要。可是我得知只有自己能買的時候很得意，結果最後也浪費了那種零食的神力。唉，早知道我不應該買『珠寶果凍』的，如果當初我買了她想要的『嬰兒蜂蜜蛋糕』，她就不會那麼不幸了⋯⋯都怪我太自私，我

根本沒有資格得到幸福。」

媽媽整天都在說這種話，爸爸終於忍無可忍，說他無法再過這種生活，然後就離開了。

於是後來健太就和媽媽、外婆一起生活，但最後媽媽也離家出走了。她說要去找那家神奇柑仔店，所以拋棄了健太。

起初健太很難過，每天都以淚洗面，但這樣會讓外婆傷心，所以他收起眼淚，盡可能在外婆面前展露笑容，也努力當一個乖巧的孩子。時間一久，健太的心情變得輕鬆起來。

如果可以一直和外婆相依為命也不錯。

正當他開始有這種想法時，外婆卻生病了。雖然外婆沒有立即的生命危險，但還是要住院一段時間。

因為聯絡不到媽媽，健太只能暫時和爸爸一起生活。好久沒有見到爸爸，爸爸一看到他就緊緊抱著他問：「你最近好嗎？」但是爸爸再婚的妻子就站在旁邊，一臉懷疑的看著健太。

健太有種不祥的預感，覺得自己應該無法和她相處愉快。

漸漸的，在爸爸家的生活讓他感到窒息，健太很快就受不了了。

「不能繼續住在這裡，我要回外婆家。就算只有我一個人住也沒問題，反正我知道怎麼用吸塵器和洗衣機，三餐可以吃便利商店的

便當和泡麵，在外婆出院之前，我可以一個人住在家裡。」

健太帶著為數不多的零用錢，留下「我要去外婆朋友家」的紙條，就離開了爸爸的家。可是在回外婆家的途中，他居然踏進了「錢天堂」。

沒想到自己可以踏進媽媽夢寐以求的柑仔店。健太起初還無法相信，但他立刻想到了一個好主意。

我可以在這裡等媽媽出現。

健太很愛媽媽，也很想念媽媽，他很希望能再見到媽媽，和媽媽一起生活。

但是，他並不想借助「錢天堂」的零食完成這件事。

錢天堂裡的確有可以找到媽媽的零食，但是光是找到媽媽還不夠，因為即使找到了媽媽，媽媽還是會離家出走。只有當媽媽在錢天堂買到她想要的東西，她才能和健太一起生活。

他不想再被媽媽拋棄，所以他決定在媽媽一心想要找到的錢天堂裡等待媽媽出現。外婆和爸爸應該不會擔心自己，因為他已經留了紙條給爸爸，在離開爸爸家，到錢天堂之前，他也有打電話給正在住院的外婆說「我在爸爸家裡過得很好」。

於是，健太就這樣在錢天堂住了下來。他知道自己造成了錢天

堂的困擾，所以決定要表現得很乖巧，盡可能的保持禮貌，而且做自己力所能及的事。為了表示自己能夠幫忙，他也主動在店裡做很多事。

但是，當他有一次在店裡看到「珠寶果凍」時，終於忍不住失控了。

「那是媽媽以前買的零食，就是那個媽媽買了之後，卻感到後悔的零食。這種東西根本不應該存在，就是這種零食造成了我和媽媽的不幸。」健太心想。

所以他假裝失手，打破了那個瓶子。

發生那件事之後，他比以前更加努力，想要幫紅子的忙。

「你可以一直留在這裡。」

原本他還期待紅子會對他說這句話，沒想到自己又闖禍了。

「但是……我明明照著說明書做了。」健太咬著嘴脣。

他仔細閱讀了探險茶的說明書，也了解到探險茶的效果是可以享受奇幻世界的樂趣，所以才會送給那個叫遼平的男孩。沒想到那瓶茶的效果，竟然會連沒喝茶的自己也被帶到非現實的世界，而且還是這麼可怕的世界。

說明書上明明寫著「完全不驚悚」，為什麼會這樣呢？

不，他本來就不應該偷探險茶啊。明明知道錢天堂的商品都有玄機，自己卻沒有遵守紅子老闆娘說的話，所以才導致這樣的結果。

他感到後悔的同時，也開始為遼平感到擔心。

「不知道喝下探險茶的那個弟弟是不是平安無事？希望他可以順利逃走，還是他的下場比我更慘呢？唉，如果真是這樣，到底該怎麼辦？」

健太渾身冒冷汗，被不同於剛才的恐懼感折磨著。

「如果我害那個弟弟發生意外該怎麼辦？不行不行，真希望時光可以倒轉！我想回到發生這些事情之前，如果可以回到過去，我一

定會避免這種情況發生。」

當他發自內心希望時光倒轉時，看到牢籠外突然亮了起來，紅子出現在他的面前。

「紅、紅子老闆娘！」

「你是來救我的吧！」健太很想這樣大叫，但是他叫不出來，因為紅子臉上露出了神祕的笑容。

紅子慢條斯理的對愣住的健太說：

「幸運的客人，你似乎終於有了想要實現的心願。」

聽到這句話，健太大吃一驚。

紅子並不是來救他，而是身為錢天堂的「老闆娘」，前來實現客人的心願。

健太慢慢把手伸向口袋，想到必須放棄在錢天堂的生活，他的手忍不住顫抖起來，因為這也表示他必須放棄等待媽媽的計畫。可是如果不這麼做，自己也無法逃離虎口，更重要的是，他希望那個弟弟可以回到原來的世界，他必須修正自己犯下的錯誤。

健太從口袋裡拿出五元硬幣，他將硬幣遞給紅子的時候說：

「我、我希望時光倒轉，希望一切都恢復成原來的樣子。」

「既然這樣，這款『時光倒轉米香酥』非常適合你。」

紅子似乎早就準備好了，她拿出一個小袋子，漂亮的天藍色和紙上畫滿了漩渦的圖案。

「這款零食在『錢天堂』的商品中力量特別強大，平時我很少會推薦給客人。因為它不僅可以讓時光倒轉，還會讓客人失去之前的記憶。」

「記、記憶？」

「對，也可以說是等於那個人某段時間的存在消失了。但我相信這正是你目前的心願，我說的對不對？」

「對⋯⋯」

「那這個五元硬幣我就收下了，昭和四十三年的五元硬幣，真是幸運的寶物。」

「是……」

健太哭喪著臉把五元硬幣交給紅子，拿到了「時光倒轉米香酥」。

他顫抖著打開袋子，發現裡面有好幾塊金褐色漩渦狀的米香酥。

只要吃下去，一切就可以恢復原狀。

健太用力閉上眼睛。

自己已經失去了幸運的寶物，無法繼續留在錢天堂。而且自己

沒有遵守紅子的指示，紅子也不可能讓他留下來。反正自己會失去所有的記憶，乾脆死心吧，一切都結束了。

健太用力吸了好幾口氣，拿起一個米香酥準備放進嘴裡。

這時，紅子突然開口說：

「我提醒你一件事，『時光倒轉米香酥』可以回到任何一個你想要重新開始的時間點，所以你在吃之前要想清楚，到底要回到哪一個時間點。」

「啊？」

健太看著面帶笑容的紅子，她的笑容很神祕，似乎有什麼言外

之意，好像在說「你應該知道我的意思」。

健太發現紅子給他出了一道謎題，而且這道謎題是在提醒他什麼事。

他絞盡腦汁的思考。

要回到哪個時間點重新開始？是把探險茶交給那個弟弟之前？還是自己偷探險茶之前？不、不對，如果是這樣，紅子不可能特地提醒自己「要想清楚」。

健太終於恍然大悟。

喔，對了，是那個時候，只要回到那個時候重新開始就好了。

健太最後看著紅子說：

「謝謝你。」

然後，他把時光倒轉米香酥放進嘴裡。米香酥除了有香脆的口感，醬油的香氣也隨之在嘴裡擴散，他忍不住覺得太好吃了。

之後，他的意識變得模糊起來。

就讀珠寶設計學校的真央子和好朋友貴惠，一起走在回家的路上。

正值春意盎然的季節，兩旁的櫻花樹開滿了櫻花，吹來的風也

很舒服，讓人想要一直走在和煦的春風中。真央子看著這片美麗的櫻花，腦中接連浮現了該怎麼設計新耳環和手鍊的點子。

在學校即將舉辦的珠寶設計比賽中，真央子應該可以有好成績，到時候或許有機會進入大型珠寶品牌工作。

除了設計的點子，夢想和希望也在真央子的內心膨脹。

不過走在真央子身旁的貴惠有點悶悶不樂，她完全沒有欣賞眼前的櫻花美景，一直低著頭，沮喪的走著。

真央子看了貴惠的樣子，忍不住感到難過。

貴惠在不久前得了一種棘手的病，雖然疾病本身已經治好了，

但醫生對她說以後可能會沒辦法生孩子。

貴惠很喜歡小孩，原本打算結婚後一定要生小孩，但聽到醫生這麼說，她的內心很受打擊。在那之後她整天鬱鬱寡歡，最近連上課都有點意興闌珊。

真希望可以解決這個問題。

真央子嘆著氣這麼想的時候，好像聽到有人在叫自己。她轉頭一看，發現旁邊有一條昏暗的小巷，不斷延伸到巷弄深處。

要走進去看看。

真央子無法克制想走進巷子的衝動，伸手抓住了好朋友的手。

「貴惠，我們去看看。」

「啊？」

「有什麼關係嘛，偶爾走走不同的路也不錯。」

真央子拉著貴惠的手走進小巷，然後來到一家柑仔店。

那簡直是一家魔法柑仔店，店裡所有的商品都在閃閃發亮，光

是看著這些商品，內心就興奮不已。

她們像小孩子一樣，如痴如醉的看著店裡的商品。這時，貴惠

輕輕叫了一聲。

「嗯？怎麼了？」

「這、這個……」

貴惠用顫抖的手指著裝在透明袋子裡的零食，裡面有好幾個嬰兒形狀的蜂蜜蛋糕，上面寫著「嬰兒蜂蜜蛋糕」。

「好奇怪，我覺得這個零食根本是為我量身訂做的……我要買這個。」

這時，老闆娘剛好從裡面走出來，貴惠對她說：「我要買『嬰兒蜂蜜蛋糕』。」

沒想到白頭髮的高大老闆娘搖了搖頭說：

「很抱歉，你並不是今天的幸運客人，今天的幸運客人是她，只

有她才能在這家『錢天堂』買東西。來，請你挑選一件自己中意的商品。」

老闆娘說話時，轉頭看著真央子。

貴惠央求真央子說：

「拜託你！拜、拜託你，真央子！我晚一點會還你錢，請你買這個『嬰兒蜂蜜蛋糕』，拜託你！」

真央子感到很傷腦筋，因為她也找到了自己想要的零食。那個「珠寶果凍」的小瓶子中裝滿了彩色的果凍，看起來就像是真正的寶石，她覺得立志成為珠寶設計師的自己很需要這款零食。

雖然貴惠是自己的好朋友，但自己為什麼要買零食送她？她這陣子都很沮喪，讓人覺得很可憐，之前自己也認為可以為她做任何事，但這兩件事不能一概而論。

真央子不理會貴惠，想要伸手去拿珠寶果凍。

就在這時——

有人制止了她。有一隻小手抓住了真央子的手，好像在告訴她「不可以這麼做」。

真央子急忙回頭張望，但她身旁沒有其他人，也沒有發現人的氣息。

真央子感到毛骨悚然，覺得很不對勁。如果自己買了「珠寶果凍」，未來可能會很後悔。

於是，真央子看著老闆娘說：

「我要買『嬰兒蜂蜜蛋糕』。」

真央子當然不知道，也不可能會發現，這件小事改變了自己和朋友，以及多年後出生的孩子的命運。

杉田健太，八歲的男孩。昭和四十三年的五元硬幣。

番外篇　翻轉後的命運

健太看著一整排便當。

到底要選哪一個呢？有很多鮭魚卵的海鮮丼？還是有牛排的便當？啊，每一種便當都很好吃，根本沒辦法選。

這時，媽媽問他：

「怎麼樣？決定了嗎？」

「嗯，雖然很煩惱，但我還是選海鮮丼好了。媽媽，你呢？」

「我要吃這種叉燒便當，因為今天想大口吃肉。媽……咦？媽，

你怎麼跑掉了！」

聽到媽媽的叫聲，原本在看飲料的外婆走了回來。

「真央子，叫我有什麼事？」

「還問我有什麼事，你想吃什麼便當？」

「我要吃中華便當，炒飯很好吃的那種。健一郎呢？你要幫他買

什麼？」

「嗯，我幫他買星鰻便當，他喜歡吃星鰻。」

「喔，對喔。」

健太看到媽媽和外婆笑了，也跟著笑了起來。

媽媽說，今天外婆難得來家裡玩，大家要一起去逛百貨公司，買很多車站便當來舉辦車站便當節。

媽媽總是有很多很棒的提議。她是珠寶設計師，平時工作有點忙，所以放假的時候，就會想出很多和家人同樂的點子，似乎是想彌補平時因為忙碌無法陪伴家人的遺憾。

這時，外婆突然想起一件事，開口詢問媽媽。

「對了，你的朋友貴惠最近還好嗎？」

「很好啊，她生了三個孩子，雖然每天忙得團團轉，但她很幸

福。」

「這樣啊，我記得以前曾經聽你說，醫生說她可能無法生小孩，看來當時的醫生是庸醫。」

「呵呵，我想應該不是這樣。」

健太離開媽媽和外婆身邊，想去零食區逛逛。就在這時——

「嗯？」

他覺得好像有人在看他，於是轉過頭。

有一個高大的女人站在人群後方，她比其他人高了一個頭，而且福態的身上穿了一件紫紅色和服，一頭雪白的頭髮盤在頭頂，臉

看起來很年輕也很豐腴。

女人對他露齒一笑，健太也對她露出笑容。不知道為什麼，他

覺得應該要這麼做才對。

「健太，你在幹麼？」

「嗯，那裡的阿姨……」

「阿姨？你說哪一個？」

「就是那個白頭髮的阿姨，咦？」

健太再度轉過頭時，那個白頭髮的女人消失了。

外婆對覺得自己在做夢的健太說：

「健太，媽媽去買便當的時候，我們去選蛋糕吧，你可以選自己喜歡的。」外婆說。

「太好了！」

健太的媽媽小聲喊著：「啊，媽，我要乳酪蛋糕。」

「我當然知道自己女兒愛吃什麼蛋糕。」

「要幫爸爸選什麼蛋糕呢？」健太一邊想著這個問題，一邊和外婆走去蛋糕店。

滴答、滴答、滴答……

關了燈的通道上響起滴水的聲音，從剛才就一直滴個不停。

聲音是從後方鐵門內傳出來的，仔細一看，會發現那道門打開了一條細縫，冷氣從門縫內飄了出來，大大的水滴不停滴在地上，地面已經積了一大灘的水。

嘎嘎嘎——沉重的聲音響起，門慢慢的打開了。冷氣從緩緩打開的門縫中鑽了出來。

不一會兒，一隻沾著白色冰碎屑的小手從門內伸了出來。

接著，一顆深藍色的妹妹頭探了出來……

招財貓座談會

小金　午安，我是「錢天堂」工房的工房長小金喵。

小珀　我是「錢天堂」工房負責製作糖果的小珀，喵嗚。

小印　我是「錢天堂」工房負責製作仙貝的小印，喵。

小金　「神奇柑仔店」系列終於出版第十集了喵。

小印　我們也推出了許多零食新品，喵。

小珀　工房長，你有沒有對什麼零食印象特別深刻？

小金　當然有啊，像是「現釣鯛魚燒」（第一集），連我都覺得那真是傑作喵。

小印　那個零食的確是傑作，喵，可以在自己家裡享受釣魚

的樂趣，而且釣到的還是鯛魚燒，簡直太吸引人了，喵。

主人也經常用它來釣鯛魚燒當點心，喵。

對啊，上次主人說釣到了巧克力鯛魚燒，開心得不得了喵。

小金
小印 小珀呢？你有沒有什麼特別有感情的零食，喵？

小珀
我最喜歡「彩虹麥芽糖」（第四集），喵嗚。當時做這個商品真的費了很多工夫呢，要先抓到彩虹，然後再把它溶在麥芽糖裡。最終於做出符合原本設計的麥芽糖時，真是高興得忍不住跳起來，喵嗚。小印，

小印
那你呢？

小印
我最愛「稻荷仙貝」（第二集），喵，就是那個可以占卜還有附贈品的仙貝。我請負責製作玩具的小麻做了鑰匙圈當贈品，然後用具有稻荷神神力的米粉做了仙貝，喵。

小珀　是不是喜歡占卜的女生買的那個，喵嗚？

小印　對。那個女生的下場很慘，一旦惹怒了稻荷神，後果太可怕了，喵。

小金　說到客人，店裡真的來了各式各樣的客人喵。

小印　還有狗客人呢，就是買了「迷人軟糖」（第六集）的約翰，喵。對了，你們知道嗎？那個約翰其實是雌的，喵。

小金　真、真的嗎？喵嗚……

小珀　太、太驚訝了喵。

小金　太不可思議了，喵嗚。

小珀　太不可思議了，喵嗚。

小印　聽說牠還是小狗的時候，臉上很多毛又調皮，所以牠的主人就幫牠取了約翰這個名字，但牠真的是雌性，喵。

小金　說到不可思議，買了「睡眠撲滿」（第四集）的女人

也很不可思議。

小印 喔，你說故意不遵守說明書規定的人，喵？

小金 對喵，她是第一個做這種事的人喵。

小印 我也知道那個人的事，喵，聽說她和吃了「睡不著仙貝」（第四集）的人結婚，現在兩個人開了一家「深夜咖啡店」呢，喵。那家咖啡店的生意很好，兩個人的感情也很好、很幸福，喵。

小珀 太好了，我也想娶老婆，喵嗚。

小金 但是仔細一想，也有不少客人下場很可惜喵，雖然來到「錢天堂」，卻錯失了好運氣喵。

小珀 對啊對啊，像是買了「教主夾心巧克力」（第一集）的北島先生，好像就對主人懷恨在心，喵……不知道他現在怎麼樣了，喵嗚？

小金：聽說他現在仍然對「錢天堂」懷恨在心，搞不好他還沒有死心，還想來搞破壞喵。

小印：這個人還真是糾纏不清，喵。

小珀：說到糾纏不清，誰都比不上「倒霉堂」的澱澱，喵嗚。她整天來找錢天堂的麻煩，主人也覺得她很煩，但她最後還是自作自受了，喵嗚。

小金：主人在解決澱澱那件事之後，也終於可以喘口氣了喵。

小印：對啊對啊，所以主人才帶墨丸一起去旅行，沒想到負責製作麻糬的黃豆，還有負責製作巧克力的麻呂，竟然偷偷跟去了，喵。（注）

小珀：牠們說旅行超好玩，喵嗚。尤其是之前吃了「肩膀痠痛地藏饅頭」（第九集）的客人，他經營的溫泉旅館真是超棒的，喵嗚。

小金　我也好想去喵。

小印　算了算了，我們留在店裡也很輕鬆，這樣就好了，喵。

小珀　雖然玩了抽獎機，結果卻招來了意想不到的客人，喵嗚。

小印　這件事也解決了，所以不用擔心。

小金　那倒是。接下來要迎接第十一集了，我們要做很多精采的零食迎接第十一集！

小印　嘿嘿吼！

小珀　我們一起努力，喵嗚！

小金　今天的座談會到此結束。

注：第九集中，黃豆和麻呂出現在這些地方：
第二頁（紅子後方的岩石旁）、第十九頁（百合子後方的座位後方）、第二〇一頁（櫥窗下層左側的角落）、封底（郵筒旁）。

這家神奇柑仔店販售「選擇」和「提醒」

◎文／江福祐（新北市板橋國小教師）

我們的生活中常常充斥著各種欲望，有一些是我們為了滿足自己的需求，有些則可能是我們心中對於某些事情的渴望，或只是我們自己無來由天馬行空的幻想，有些則是我們藏在心裡急欲想要找到解決方法的問題……無論是哪一種欲望，其實都是我們在現實生活的的想望。

「神奇柑仔店」錢天堂總是準備了許多會為人們帶來「幸福」的零食，彷彿就是一個儀式般，透過紅子搖動機器，挑選擁有錢幣的幸運顧客，讓他們能「順利找到錢天堂」，並購買解決自身困難的零食或道具，閱讀故事的同時，也豐富了我們很多生活的面向，讓我們的人生充滿精采與希望。不過，這一集的故事卻打破這樣的儀式，讓錢天堂的一切多了許多變數。

故事的一開始就是意外──調皮的招財貓轉動機器，在錢天堂暫停營業的日子招來了幸運的客人健太，但是找上門的健太卻決定不買零食，而是留在錢天堂工作，更奇怪的是，紅子卻把這一切視為自然而然，答應讓他留在店裡，並提供住宿、休息的地方。

在這集故事中，紅子更像是個陪伴者，慢慢等待健太找到自己想買的零食；在健太

闖禍之際，卻也不疾不徐的解決問題，並在關鍵時刻適時「提醒」健太要想清楚，而不直接給予答案。這正是《神奇柑仔店》系列一直想透過各種神奇的零食告訴讀者的：遇到困難時，凝視與滿足我們心中的欲望，然後好好的思考、做出選擇。

但故事總是也在滿足想望的過程中，提醒我們在滿足這些欲望的同時，還是有可能有一些道德、法律、情感流動上的疑慮與隱憂需要好好思考，而這些神奇的零食也都有一些使用說明與注意事項，甚至於是「限制」，似乎也是在提醒當我們在馳騁欲望的同時，不能太過逾矩，不過並無損於我們透過作品來滿足我們的想像。

《神奇柑仔店》系列和日本經典卡通「哆啦Ａ夢」有點類似，都是透過某個媒介物讓主角滿足或是解決某一個難題，也都會讓主角與讀者之間產生一些共鳴，但是《神奇柑仔店》系列似乎更貼近了我們現代生活的場景，情節也更深入貼近我們的生活，讓我們看到社會上不同身分、不同年齡的人有哪些煩惱。

現代的學生，課業壓力、同儕相處、家庭關係、人際關係等各方面的問題都比以前來得複雜，或許「神奇柑仔店」也能做為一個情緒的出口，無論是透過故事換位思考，脫離一下自己的煩惱，抑或只是單純滿足於閱讀與想像的喜悅，都是一件令人感到幸福的事。下次出門，記得身上帶零錢，當你走在看似熟悉卻又陌生的巷弄時，不妨探尋一下隱身在深巷裡的小店面，說不定那裡就是「錢天堂」呢！

錢天堂小學特賣會

活動設計／江福祐（新北市板橋國小教師）

「錢天堂」販售各式各樣可以滿足人類欲望或是解決難題的零食，如果你和故事中的健太一樣，有機會成為錢天堂小小店員，你會為學校的同學和老師推薦什麼零食呢？想一想，並寫下這項零食的食譜或是道具的製作方法。【參考答案：功課速速餅乾、老師隱形燈、免做功課徽章、營養午餐變好吃碗、把課本變漫畫書套……】

✖ 食譜 ✖

✳準備材料

✦製作步驟✦

✳

樂讀456　　068

神奇柑仔店10
順風耳軟糖的報應

作　　者｜廣嶋玲子
插　　圖｜jyajya
譯　　者｜王蘊潔

責任編輯｜楊琇珊
特約編輯｜葉依慈
封面設計｜蕭雅慧
電腦排版｜中原造像股份有限公司
行銷企劃｜陳詩茵

天下雜誌群創辦人｜殷允芃
董事長兼執行長｜何琦瑜
媒體暨產品事業群
總經理｜游玉雪
副總經理｜林彥傑
總編輯｜林欣靜
行銷總監｜林育菁
副總監｜李幼婷
版權主任｜何晨瑋、黃微真

出　版　者｜親子天下股份有限公司
地　　址｜台北市104建國北路一段96號4樓
電　　話｜（02）2509-2800　傳真｜（02）2509-2462
網　　址｜www.parenting.com.tw
讀者服務專線｜（02）2662-0332　週一～週五：09:00~17:30
讀者服務傳真｜（02）2662-6048
客服信箱｜parenting@cw.com.tw
法律顧問｜台英國際商務法律事務所・羅明通律師
製版印刷｜中原造像股份有限公司
總　經　銷｜大和圖書有限公司　電話：（02）8990-2588

出版日期｜2021年5月第一版第一次印行
　　　　　2024年5月第一版第二十二次印行
定　　價｜300元
書　　號｜BKKCJ068P
ISBN｜978-957-503-970-7（平裝）

訂購服務
親子天下Shopping｜shopping.parenting.com.tw
海外・大量訂購｜parenting@cw.com.tw
書香花園｜台北市建國北路二段6巷11號　電話（02）2506-1635
劃撥帳號｜50331356　親子天下股份有限公司

國家圖書館出版品預行編目資料

神奇柑仔店10：順風耳軟糖的報應／廣嶋玲子
文；jyajya 圖；王蘊潔 譯. -- 第一版. -- 臺北市：
親子天下股份有限公司, 2021.05
256面；17X21公分. -- （樂讀456系列；68）
注音版
ISBN 978-957-503-970-7（平裝）

861.596　　　　　　　　　　110003597

Fushigi Dagashiya Zenitendô 10
Text copyright © 2018 by Reiko Hiroshima
Illustrations copyright © 2018 by jyajya
First published in Japan in 2018 by KAISEI-SHA Publishing Co.,
Ltd., Tokyo
Traditional Chinese translation rights arranged with KAISEI-SHA
Publishing Co., Ltd.
through Japan Foreign-Rights Centre/Bardon-Chinese Media
Agency

看完故事後，意猶未盡嗎？
掃描QRCode，閱讀獨家故事，
還能動手製作錢天堂的零食喔！

立即購買 >